그들의 문학과 생애

한국문학평론가협회 | 한길사 공동기획

그들의 문학과 생애

박세영

한만수 지음

한길사

그들의 문학과 생애

박세영

지은이 · 한만수

펴낸이 · 김언호

펴낸곳 · (주)도서출판 한길사

등록 · 1976년 12월 24일 제74호

주소 · 413-756 경기도 파주시 교하읍 문발리 520-11
www.hangilsa.co.kr
E-mail: hangilsa@hangilsa.co.kr

전화 · 031-955-2000~3   팩스 · 031-955-2005

상무이사 · 박관순 l 영업이사 · 곽명호
편집 · 박희진 박계영 안민재 이경애 l 전산 · 한향림 l 저작권 · 문준심
마케팅 및 제작 · 이경호 l 관리 · 이중환 문주상 장비연 김선희

출력 · 지에스테크 l 인쇄 · 현문인쇄 l 제본 · 성문제책

제1판 제1쇄 2008년 1월 31일

값 15,000원
ISBN 978-89-356-5977-7 04810
ISBN 978-89-356-5989-0 (전14권)

• 이 도서의 국립중앙도서관 출판시도서목록(CIP)은
e-CIP 홈페이지(http://www.nl.go.kr/cip.php)에서 이용하실 수 있습니다.
(CIP제어번호: CIP2008000337)

적으나마 내가 배운 지식, 내가 본 조국강산, 내가 느낀 불합리한 사회, 이 모든 것이 호소의 의미를 띠면서 글에 담기었다. 즉 산에 올라도 산은 조선 소년의 기개를 안으라 속삭이는 듯, 들에 가도 가난한 농사꾼을 잊지 말라 외쳐주는 듯, 흘러가는 강물도 세월은 무정하게 흘러가나 소년아 조국을 잊지 말라 전하고 가는 듯 이런 감정을 작문에 담기에 애썼다.

—— 박세영, 「내가 걸어온 문학의 길」

머리말

북한의 핵실험으로 인해 한반도에 긴장이 고조되고 있다. 하지만 시계를 좀 뒤로 돌려본다면 현재와는 사뭇 다른 풍경들이 보인다. 1972년 남북공동성명. 정보기관의 최고책임자가 북한에 '잠입'하여 그 '수괴'와 화해의 합의를 이끌어냈다는 충격. 2000년 6·15공동선언. 평양공항에서 김대중 대통령과 김정일 주석이 포옹하던 장면.

2002년 부산 아세안게임은 이보다는 덜 충격적이었지만 문화적 차원에서는 결코 적지 않은 의미를 지닌다. 북한의 '미녀응원단'이 장안의 화제였지만, 필자로서는 북한선수들이 금메달을 딸 때마다 남한 하늘 아래 북한의 애국가가 울려퍼진 것이 오히려 더 인상적이었다. 비단 필자뿐만이 아니다. 남한의 젊은이들은 처음 듣는 북한의 애국가에 대해 호의적인 반응을 보였다고 언론들은 전했다. 전투적이고 김일성 찬양 일변도일 줄 알았는데 그렇지 않다는 것이다. 북한 애국가를 음악 파일로 만들어서 인터넷을 통해 주고받는 일까지 생겨났다. 이 현상이 이적행위인가 아닌가, 국가보안법에 저촉되는가 아닌가를 놓고 관계당국이 고심하기도 했다고 한다.

그 북한의 애국가를 작사한 사람이 바로 백하 박세영(白河 朴世永)이다. 최후까지 카프 해산에 반대하였으며, 대부분의 문인들이 친일로 침묵으로 선회해가던 일제 말기에 만주로 망명하여 항일투쟁에 들어가는 등 일제에 대해 비타협적 투쟁을 벌이다가 1946년 월북한 시인이다. 북한 최고인민회의 제1기 대의원을 지냈고, 1959년에 국기훈장 제2급을, 1965년 7월에 '공로시인' 칭호를 각각 받았다. 그가 1989년 2월 사망하자 북한은 사회장으로 장례식을 치렀다.

이쯤 되니 북한에서 박세영은, 초등학생들의 암기시험이나 퀴즈 문제에 출제됨직한, 상식에 속하는 이름일 터이다. 하지만 이 이름은 남한에서는 매우 낯설다. 남북한의 문화적 이질화가 얼마나 심각한지를 또다시 확인하게 되는 셈이다. "애국가를 작사한 시인이면 그쪽에서는 최고의 문학적 권위와 가치를 지닌 대표적 시인"이라는 식의 성급하고 천박한 일반화의 효과를 노리는 것은 물론 아니다. 하지만 이런 식의 단순명쾌한 서술이 줄 수 있는 이점도 있다. 남한사람들에게는 거의 알려져 있지 않은 이름이지만, 북한에서는 상식에 속하는 인물임을 단적으로 보여줄 수 있는 것이다. 북쪽에서는 초등학생으로부터 여든 노인까지 모르는 사람이 없는 문화적 상징을 우리는 모른다. 물론 그 반대로 북쪽 대중들은 남한사람들의 문화적 상징들을, 보기로 남한 애국가 작사자 윤치호라거나, 작곡자 안익태를 모를 것이다. 이런 '고색창연'한 이름 말고도 압구정동, 강남 8학군, 서태지, BOA, HOT 등을 그들은 모를 터이다. 남북의 대중들은 서로 공유하고 있는 문화적 아이콘이 극소하다. 이런 상징들은 간단하다면 간단한 것들이지만 이것들이 쌓여서 코드를 이룬다. 코드를 공유하지 않으면 의사소통은 불가능하다. 가장 기본적인 상징과 코드들부터가 이토록 다르고 보면, 남북한의 문화적 이질화가 얼마나 진행되었는지를 쉽게 짐작할 수 있겠다. 그만큼 갈라져 살았던 50여 년은 우리의 문화적 이질감을 극대화시켜왔던 것이다.

특히 북한의 핵실험으로 위기가 고조되고 대북경제지원이 '퍼주기' 논란을 빚는 등 최근 상황을 감안한다면 남북이질화의 해결이란 매우 시급한 과제라고 할 수 있다. 어차피 한반도에서 평화공존할 수밖에 없는 사람들 사이에 적대감이 고조되는 상황은 매우 우려스러운 것이기 때문이다. 남북화해란 가장 기본적인 생존의 문제이고, 따라서 정권 차원이나 세계정세의 흐름에만 맡겨둘 수 없는 일이다. 한반도 거주민들 사이에 적대감이 아니라 화해의식이 자리잡는다면, 이는 평화공존의 중요한 기반이 될 것이다.

그렇다면 이 시점에서 월북작가(좁게 말해서 박세영)를 생각하는 일의 중요성도 쉽게 짐작할 수 있다. 납월북문인들은 분단을 경험하기 이전의 한반도, 즉 '하나의 한반도'를 살았던 인물들이다. 하나의 한반도였던 시절에, 즉 일제 식민치하에 창작된 작품을 갖고 있으며 이 작품은 남북한이 공유하는 문학적 자산이다. 그 세대의 작품을 마지막으로 남북한 독자들은 분단시대, 분단문학으로 접어들게 된다. 따라서 반국적(半國的) 차원이 아닌 전국적 차원에서 생각하는 일, 즉 문학에서의 분단극복 시도는, 현재 산출되는 작품을 서로 공유하는 일 못지않게 납월북문인에 대한 관심에서 시작해야 마땅하다. 상대를 이해하지 않는다면, 희화화하거나 공포의 대상으로만 인식한다면, 평화공존의 기반은 취약해진다. 따라서 박세영을 비롯한 북한문학을 이해하는 일은 북한문학에 관심 있는 소수의 전공자들에게만 의미 있는 일이 아니다.

이 책의 주된 목적도 바로 여기 있다. 북한의 애국가 작사자, 곧 북한 이데올로기의 최고급 전파자 중 한 사람이었던 박세영. 그를 격동의 세기를 살면서 고통스런 결단과 행동을 연출해냈던 한 인간으로 이해하고 느끼도록 해주고 싶다. 그런 만큼 이 책은 전문 연구자들만을 염두에 두고 쓰지는 않기로 했다. 확고한 증거를 댈 수 없는 말들일랑 입 밖에 내지 않는 학술적 문법에서도 일정 정도 벗어나고자 한다.

월북작가의 경우 남아 있는 자료들이 많지 않고, 특히 북한에서의 행적들은 풍부치 못한 자료들에 의존해야 한다는 점도 이런 결정에 큰 작용을 했다. 증거가 확실치 않으면 쓰지 않는다는 식의 집필 원칙을 고수한다면 앞으로도 상당기간, 즉 북한의 자료를 자유롭게 볼 수 있게 될 때까지는, 월북작가에 대한 평전은 쓸 수 없게 될 터이다. 당연히 이질화를 완화하는 작업에는 차질이 생길 수밖에 없다. 그러므로 언젠가 더 많은 자료들을 볼 수 있게 될 때 지금의 내 생각이 잘못되었음이 드러날 가능성이 있더라도, 그 위험을 기꺼이 감수하겠다는 것이다.

물론 학술적 엄밀성을 완화한다고 해서 사실과 동떨어진 짐작을 늘어놓겠다는 뜻은 아니다. 평전을 쓰기에 충분하지는 않더라도 필요한 최소한의 자료는 이미 확보했다고 판단한다. 1988년 납월북작가에 대한 '해금' 이후 여러 연구자들이 쌓아온 연구업적이 듬직한 밑천이 되었다. 또한 북한에서 펴낸 박세영 시집 3권을 구해 읽었으며, 얼마 전 영인 출판된 북한의 『조선문학』을 통해서도 박세영에 관한 여러 자료들을 찾을 수 있었다. 특히 북한문학의 산 증인인 정률(鄭律, 본명 정상진) 선생을 만나 여러 가지 궁금했던 점을 물을 수 있었던 점은 큰 수확이었다. 소련과 한인으로 해방직후부터 1957년까지 북한에 머물면서 문예총 부위원장, 김일성대학 외국문학부 부장, 문화부 부상(副相) 등을 역임했던 그는 당시 북한문학에 대해 증언할 수 있는 거의 유일한 증인이라고 할 수 있을 것이다. 그는 85세의 고령이었지만 건강도 기억력도 나무랄 데 없이 좋은 편이어서 여러 가지 유익한 증언을 들을 수 있었다. 박세영과 오랫동안 함께 생활한 분의 생생한 증언을 들을 수 있었던 것은 매우 값진 경험이었다. 물론 9시간 내내 박세영에 관해서만 이야기한 것은 아니고 북한문학 전반에 관한 증언을 들었다. 특히 민촌 이기영 선생의 맏손자 이성렬씨가 어찌어찌 알고 찾아와 극적인 상봉을 했던 일은 잊히지 않는다. 그는 할아버지와 교유했던 정선생을 만나자 "할아버지를 뵙는 마음으로 절을 올리겠다"면서 큰절을 하였으며 생면부지의 두 분은 이내 얼싸안고 한동안 떨어질 줄을 몰랐다. 그날 나눴던 대화 중에서 박세영에 관한 부분은 이 책을 통해 자세히 전달하고자 한다.

　이 책에서 필자는 지금까지 설명한 문헌 및 구술자료를 토대로 삼으면서, 그래도 남는 빈틈들은 추리력과 상상력에 의해 메워나가겠다. 어차피 어떤 작가에 대해서건 완벽한 자료란 있을 수 없다. 박세영에 대한 접근은 단지 그 빈틈이 다른 작가들보다 좀 클 뿐인 것이다. 다시 한 번 강조하건대, 이 책을 통하여 북한 애국가 작사자 박세영을 한 인간으로 느낄 수 있게 되기를 바란다.

부록으로는 박세영 연보, 작품목록 등과 함께 심선옥 씨의 논문 「박세영의 시세계—리얼리즘과 미적 근대성을 중심으로」를 덧붙였다. 심선옥 씨의 석사학위 논문은 내가 읽기에는 이미 나와 있는 박세영론 중에서 가장 뛰어난 것이다. 내가 생애를 중심으로 평전을 쓰는 것에 맞추어서, 그는 자신의 긴 논문을 압축하고 또한 이 책의 취지에 맞추어서 독자들이 읽기에 편하도록 고쳐 써주었다. 노고에 감사드린다. 필자는 심선옥 씨가 고쳐 써준 논문을 받아 읽으면서 내 글을 조정하는 방식으로, 두 사람의 서술이 겹치는 부분을 가능한 대로 줄이고자 노력했다. 예컨대 심씨가 주로 카프 시기의 작품을 시기별로 살피는 데 주력하였으므로, 필자는 이 부분을 줄이면서 주제별로 살폈다. 그 대신 월북 이후의 작품들에 좀더 집중했다. 월북 이후 작품들 중에서 『조선문학』에 실린 것들은 그동안 논의가 소홀했던 부분이기도 하다. 물론 개별 글을 구성하는 데 필수적인 것도 있어서 두 사람의 서술에서 중복을 아예 없애기는 어려웠다. 독자 여러분의 양해를 구한다. 월북 이전 부분은 한만수, 「박세영론─「산제비」를 중심으로」(홍기삼 외, 『한국현대시인연구』, 태학사, 1989)를 고치고 보탠 것이다. 인용하는 글 중에서 한자는 한글로 바꾸고 꼭 필요한 경우에 한하여 괄호 속에 병기하였다. 월북 이전 박세영의 글에는 한자 표기가 꽤 많은바, 시의 경우 한자를 한글로 바꿔 표기하는 데 논란이 있겠지만, 이 원칙대로 표기하였다. 단지 시 작품만은 발표 당시 표기대로, 북한 표기대로 살려두었다. 이 모든 표기원칙은 현대 남한 독자의 편의를 위해서이다.

  사실 이 책의 초고는 7년 여 전에 탈고된 것이다. 시리즈를 기획했던 한국문학평론가협회 쪽의 이런저런 사정에 따라서 기획의도와 출판사 등이 바뀌는 우여곡절 끝에 이제야 출판되게 되었다. 7년여 만에 초고를 다시 읽으면서 적지 않게 당혹스러웠다. 생각이 바뀐 부분도 많았지만 그동안 진척된 검열문제와 관련된 부분을 한 절로 보완한 것 이외에는 일부를 수정 보완하는 데 머물 수밖에 없었다. 기획의도의 변경에 따라서 책의 체재도 바꿀 수밖에 없었다. 특히 아쉬운 것은 박세영을 다룬 북한의 실화소설인 리종렬의 「산제비」를 부록에서 뺄 수밖에 없게 된 것이다. 이 소설은 남한에서도 쉽게 구해볼 수 있으니(임종상 외, 『쇠찌르레기』, 살림터, 1998년에 수록) 꼭 찾아 읽길 권한다.

북한문학 연구를 개척하시고 이 책을 집필할 계기를 주신 은사 홍기삼 선생님께 고개 숙여 감사드린다. 이 책이 나오기까지 노고가 많았던 한국문학평론가협회 임헌영 회장 및 한길사 박계영 씨, 자료조사와 정리를 도와준 동국대 대학원의 이종호 군과 박재은 양, 조정현 군에게도 감사를 전하고 싶다. 늘 바쁘다는 핑계만 대는 사람을 너그럽게 받아주는 아내 김영숙과 딸 상완, 아들 상우에게 미안하고도 고맙다. 마지막으로 이 책 때문에 몸을 내주어야 했던 몇 그루 소나무들에게 세 번 절을 올린다. 이 모자란 책조차도 이렇게 많은 분들의 음덕을 입은 것이었으니 '관계'의 소중함을 새삼 깨닫는다.

　2007년 12월 동악에서
　한만수

박세영

흙을 파먹던 가난
—어린 시절

　여러 문헌에서 박세영은 함경북도 출생[1] 또는 경기도 고양 출생[2]으로 되어 있다. 그러나 스스로의 술회에 따르자면 1902년 경기도 양주군에서 태어났다고 한다.[3] 월북작가에 대한 정보 부족은 이렇게 출생지조차 불분명한 혼란에서부터 확인되는 것이다.

　호적에는 '경기도 고양군 두모면 두모리' 출생으로 되어 있으니, 고양 출생 주장의 근거가 된다. 함경북도 출생이라는 주장은 근거를 찾기 어렵다. 그렇다면 어째서 박세영은 스스로를 양주 출생이라고 말하는가. 그는 '양주 소미동리〔廣金間〕'에서 태어났다고 말하면서도, "내가 났다는 소미동리"[4]로 표현하고 있어 소미동리에 대한 기억은 전혀 없음을 짐작케 해준다. 결국 양주에서 태어나기는 했으되 곧 고양으로 이사하였으며 그 결과 호적에도 그냥 고양으로 신고된 것이라고 추정할 수 있겠다.

일곱 살 때 서울의 학교에 진학하였으니 고양에서도 그리 오래 살지는 않은 셈이다. 종합하건대 그는 경기도 양주에서 태어나 곧 고양으로 이주했으며, 적어도 일곱 살 이전에 다시 서울로 이사한 것으로 보인다. 위 수필에서 자신은 "전형적인 서울사람"이라고 밝히고 있음도 이런 사정을 말해준다.

역시 위 수필에 따르면 양주에는 400년 전의 선조 산소가 있고 고양에는 60년 이래의 산소들이 있다는 것이며, 또한 그의 할아버지는 갑신정변·갑오농민혁명 등을 피해 이리저리 피난하는 '집시의 생활'을 했고 자신이 태어난 것도 역시 이런 '전란 중'이었다고 한다. 그의 할아버지가 '집시생활'을 하면서 가산을 탕진한 모양이어서, 그가 태어났을 때는 집안은 이미 기울어 있었다. "가난한 조선 말기 선비의 셋째 아들"로 태어났다는 서술을[5] 얻게 된 것이다. "서울 단간방조차 잃고 이러저리 문밖으로 헤매는 부모"[6]라는 구절에서도 생활난은 짐작할 수 있다.

이렇게 가난한 집안에서 태어난 그는 집안에서 유일하게 밥벌이를 하는 맏형(상점 점원이었다고 한다) 덕분에 학업을 시작하게 된다. 송영의 회고에 따르면, 박세영은 일곱 살 때 서울 내사안에 있던 사립 보인학교에 입학하지만 낙제를 하여 삼흥소학교 1학년으로 옮기고, 또 낙제하여 수하동 소학교 1학년으로 전학했다.[7] 그러나 박세영은 좀 다르게 말한다. "2, 3년 뒤에 이 학교(보인학교)에 송영과 윤기정이 입학하였다 하나 그때는 이미 내가 탁제(擢第, 시험에 합격함)를 하고 삼홍학교를 거쳐 수하동 보통학교에 입학하였을 때였다"[8]는 것이다. '낙제'를 했는지 '탁제'를 했는지에 대해서는 정확하게 알 길이 없다. 하지만 이 두 단어의 발음이 거의 비슷하여 오자의 가능성도 없지 않은데다가, 박세영이 일삼아 해명해둔 것으로 미루어 아무래도 본인의 말을 믿어야 할 듯하다. 어쨌건 그는 제 나이보다 두세 살쯤은 어린 동급생들과 함께 공부를 하게 되었다. 물론 이런 일은 학령(學齡)체계가 채 정착되지 않았던 당시로서는 유별난 일이라고 할 수 없고, 두 살 어린 송영과 그는 평생 친구로 지내게 된다.

박세영의 위 회고에 따르면, 그때 집안이 너무도 가난하여서, 한 권에 10전 내지 20전이던 교과서도 살 수 없었다. 그래서 박세영의 큰형은 백로지로 공책을 만들어서 거기에 교과서를 모사해주었다고 한다. 글씨만 필사한 것이 아니라, 삽화까지 옮겨 그린 '사제 교과서'로 공부하였던 것이다. 게다가 교모(校帽)도 살 수 없어서 담배상자로 차양 달린 모자를 만들고 거기다 먹칠을 하여 쓰고 다녔다. 이런 박세영을 어린 친구들은 놀려댔다. 처음에는 부끄러웠지만 나중에는 만성이 되어서 아주 태연하게 대응했다고 박세영은 술회한다.

끼니를 굶다 못해서 어머니를 따라 외가에 가서 밥을 얻어먹고, 밤늦게 졸음을 참아가면서 손에는 찬밥 덩어리를 얻어들고 집에 돌아오던 기억을 그는 아프게 회상한다. 그러나 당시 식민지 조선의 궁핍에 비추어보자면, 그나마 밥을 얻어먹을 수 있었던 박세영의 집안형편은 나은 편이었다. 당시 기록들에 따르면 도시빈민의 생활은 훨씬 참혹했다. 먹을 것이 없어서 일본인이 뽕밭에 비료로 뿌린 콩깻묵을 주워 먹는가 하면, 빈민 구제를 위한 취로사업을 벌여도 인부들은 굶주린 지 너무 오래되어 일할 힘조차 없었으며, 빚에 쪼들리다가 한밤중에 도망쳐서는 가족들이 뿔뿔이 헤어져 구걸로 연명하는 것이 당대 농민의 실상이었다. 심지어는 흙을 파먹기까지 했다. 굶주리다 못해서 나무껍질을 벗겨먹고 풀뿌리를 캐먹는데, 그나마 다 벗겨먹고 캐먹은 뒤에는 흰 흙은 먹을 수 있다는 소문이 돌자 그 흙을 먹고는 동네사람들이 집단 발병을 하는 일도 있었다.[9] "흙 파먹고 사느냐"는 표현은 그냥 나온 말이 아니라 이 같은 식민지적 궁핍에서 비롯된 말인 셈이다. 카프 작가들의 작품에서 흔히 만날 수 있는 참혹한 가난은 한치 어김없는 현실이었다.

이렇게 식민지 조선에서 가난이란 정도의 차이가 있을 뿐 내남없이 겪는 일이었다. 단지 그 가난에서 벗어나는 출구를, 박세영은 개인적인 방식에서 찾기보다는 가난한 자들 모두가 함께 벗어날 수 있는 길을 모색했다는 데에서 차별성을 지닌다. 가난의 원인에 대해서, 가난한 자가 계속 가난하게 사는 일이 과연 정당한 일인가에 대해서, 그 가난에서 벗어나려면 어떻게 해야 할 것인가에 대해서, 박세영은 철저하게 고민했다. 이렇게 유년기에 몸소 겪고 지켜보았던 혹독한 빈궁 속에서 '프롤레타리아 시인' 박세영은 이미 예고되어 있었다고 하겠다. 개인적 출구가 아니라 집단적 출구를 선택하게 된 첫 계기는 박세영에 따르면 여덟 살 때 마련된 듯하다.

1910년 여덟 살 소년 박세영은 종로 네거리에서 남대문 거리를 향하여 떠들썩하게 지나가는 행렬을 본다. 한일합방을 기념한 행렬이었다. 그때 박세영은 "어린 생각에도 일본에 나라를 빼앗긴 것에 대한 분노와 울분을 느꼈노라"고 회고한다. 볼 것 드물던 시절에 떠들썩한 시가행렬을 본 여덟 살바기라면 그저 신기한 구경거리에 흥분하기가 십상이겠지만, 자신은 그러지 않았다는 것이다.

과장도 없진 않았겠지만, 턱없는 과장이라고만 생각하기는 어렵다. 그가 겪어야 했던 혹독한 가난, 그리고 한학자였던 그의 아버지의 입김은 여덟 살바기를 그저 철부지로만 남겨두지 않았던 힘이 되었던 듯하다. 가난 속에서도 한학자로서의 기품을 지키며 살아가던 박세영의 부친은 어린 박세영에게 "옛 이야기, 민담, 구전 동요, 수수께끼들을 수많이" 들려주었다고 한다. 봉건적 분위기가 강력하던 그 시절에 아버지의 영향력이란 거의 절대적인 것. 아버지의 훈육에 의해 박세영은 반일 정서를 체득하게 되고, 그 결과 합방행렬을 그저 볼 만한 구경거리로만 여기지 않을 수 있었으리라. 자신의 가난의 원인을 식민지라는 사회적 구조에서 찾으려는 그의 선택은, 물론 성장한 이후에 접하게 된 사회주의 사상에서 힘입은 것이긴 하지만, 가난과 아버지의 훈육과 합방행렬의 목격이라는 유년기의 원체험 또한 종합적으로 작용하였을 것이다. 또한 부친을 통해 구비문학적 전승에 어릴 적부터 노출되었던 경험은 나중에 그에게 큰 문학적 자산이 된다.

소학교를 졸업한 소년 박세영은 맏형을 따라서 충남 강경읍으로 이사한다. 가난 때문에 상급학교에 진학할 수는 없었고 서당에서 한문을 2년 동안 배웠다. 그렇지만 그에게 한학은 단지 상급학교의 '대용품' 정도에 그치는 것은 아니었다. 나중에 서울로 올라와 배재고보에 입학한 뒤에도 동네 서당을 계속 다녔다는 점, 또한 그가 처음 쓴 시도 바로 한시였다는 점만 보아도 이는 입증된다. 물론 그는 나중에 한시란 양반층의 퇴영적 정서를 대변하는 유한계급의 문학이라면서 비판하고 있지만, 그럼에도 불구하고 그 한학적 훈습은 그의 작품에 적지 않은 영향을 끼치는 것이다. 한학자이던 아버지의 훈기에 이런 서당에서의 가르침이 덧붙여져 형성된 한학적 소양은, 구비문학적 전승과 함께 그의 주요한 문학적 자양분이라고 해야 할 것이다.

강경에서 그의 집은 황산벌에 있었다.[10] 강경은 어떤 곳인지 간단히 살펴보자.

자연 지리적인 조건이 강경읍 주위에는 평야지대를 형성하고 있어 곡창지대로서 알려지고 있으며, 서해와 통하는 금강이 있어 강경 포구(江景浦口)는 굴지의 수산항으로 한 세기 동안 영화를 누렸던 곳이기도 하다. 또한 강경은 계룡산과 대둔산으로부터 발원하는 금강 지류들이 논산천(論山川)에서 합류하고 강경읍 부근에서 금강 본류와 재합류하여 논산 곡창지대의 젖줄을 형성하고 있고, 금강은 천혜적인 방위선(防衛線)인 동시에 교통수단이 되어 자연 지리적인 조건이 인간이 거주하기에 알맞은 곳이다. 특히 시장 깊숙이 배가 들어와 천연적인 지형을 이용한 강경시장은 서해 수산물 최대시장으로 발전하여 1평양, 2강경, 3대구라 부르는 전국 3대 시장의 하나였으며 성어기(成魚期)인 3~6월의 4개월 동안은 하루 1백여 척의 배들이 드나들어 우리나라에서 가장 생기가 있었던 곳으로 서해(西

海)의 각종 해산물이 이곳으로 들어와 전국 각지로 공급되었다.[11]

강경은 곡창인데다가 수산물까지 풍부한 곳이다. 그러니 천리 타향으로 옮겨왔음에도, 소년 박세영은 강경 생활에서 행복을 느꼈다. 살기 어려울 때 먹을 것 구하기에는 아무래도 서울보다는 시골이 나을 수밖에 없었을 터이며, 더군다나 강경은 물산이 풍부한 곳이었다. 이런 곳에서라면 한 사람 정도의 벌이로도 온 가족이 그런대로 목구멍에 풀칠할 걱정은 덜 수 있었으리라. 생활이 어느 정도 안정된 강경에서 그는 비로소 자연과 국토의 아름다움을 느낀다.

그때 우리 집은 강경 정거장에서 가까운 황산이란 동네에 있었다. 황산은 그리 높지 않은 야산으로 되었으며 이 산을 둘러싸고 초가집들이 널려 있었다.
황산 동남쪽에는 송림이 울창한 채운산이 있고 강경벌을 건너 저 멀리 동북편에 계룡산이 높이 솟아 있었으며 기름진 넓은 강경벌을 감돌아 흐르는 푸른 금강 줄기는 바로 황산 뒷기슭을 살뜰히 흘러내린다.
강 건너 무연하게 펼쳐진 갈대밭은 언제나 설렁거리며 갈새들이 요란스럽게 우짖어댔다. 여기 강가에는 울뭉줄

뭉한 넓은 바위가 밀물에 잠겼다 썰물에 드러났다 했다. 사람들은 이 바위를 벼락바위라고 불렀다. 마을의 여인들은 흔히 여기서 빨래를 하였다.[12]

채운산·계룡산·황산·금강 등 자연의 아름다움을 길게 서술한 뒤 그는, 이토록 아름다운 강산을 빼앗긴 아픔을 서술하고 있다. 앞서 고향 이야기를 하면서 "소미마을이 고향이라지만 내게 그곳은 딱히 고향이라는 느낌이 없다"는 식으로만 넘어가던 그였지만, 위 인용문에서 보듯이 강경에 대해서는 많은 애착을 보인다.『조선일보』신춘문예에 당선된 박세영의 동시가「새벽의 백마강」이라는 점[13] 역시 그의 강경에 대한 애정을 짐작케 해준다.

시인에게 자연체험, 그것도 어릴 적의 자연체험이란 매우 귀중한 원초적 경험이라고 할 수 있다. 박세영의 유년기에 가장 강력한 충격을 준 장소는 바로 강경이다. 그러니 그의 고향은 서울 근교로 되어 있지만 '마음의 고향'은 강경이라고 해야 할 것이다. 더군다나 강경에서 발견한 자연의 아름다움은, 곧이어 식민상황에 대한 인식으로 이어진다는 점에서 '국토의 발견'이라고 할 만한 것이었다.[14] 다소 앞질러 이야기한다면, 일제의 수탈에 의한 궁핍을 체험하고 부친에게서 한학의 훈습을 받은 위에 국토의 아름다움을 발견한 박세영은 그 아름다움을 더럽히고 가난을 강제하는 힘으로서 일제를 인식하게 되는 것이다.

일제강점기의 경성은 식민수탈의 중심부였으며 동시에 식민지적 근대의 심장부였다. 박세영이 이곳에서 태어나 자라났다 함은 식민지적 근대의 핵심부를 체험했다는 뜻이 된다. 그러나 곧이어 그는 2년 동안 시골 체험을 하게 된다. 도시와는 달리 시골은 아무래도 근대화가 늦게 찾아오는 법, 강경에는 전근대적 요소가 많이 남아 있었을 터이다. 이렇게 상이한 공간을 거의 비슷한 시기에 체험하였음은, 두 지역의 비(非)동시성을 거의 동시에 체험하였다는 말이 된다. 전통적 조선과 식민지적 근대를 거의 동시에, 그리고 대조적으로 체험할 수 있게 되었던 것이다. 식민지적 근대에서 극심한 생활고에 시달리지만 전통조선에서 그의 생활은 비교적 안정된다. 박세영이 10여 년 살아온 서울보다 불과 2년 동안 지낸 시골 체험을 더 인상적으로 받아들이는 것은 거의 당연한 노릇이라고 할 수 있다.

이러한 체험의 양상은 같은 시대 다른 문인들의 경우와는 매우 대조적이다. 당대 조선 문인들은 대부분 지방에서 태어나서 유년기를 보내다가 경성이나 도쿄 유학을 통해 근대를 경험하였던 것이다. 이에 비해 박세영은 전통적 서당교육과 근대적 학교교육을 동시에 체험했다. 이 체험의 반쯤은 그의 의지에 따른 선택이었다. 강경에서 서당에 다닌 것은 정규학교를 다닐 경제적 여력이 없어서라고 치더라도, 다시 서울에 올라와 배재고보에 적을 두면서도 서당을 계속 다녔던 것이다. 비슷한 시기의 문인들이 한학에서 출발하더라도 나중에 신학문을 접하게 되면 한학을 그만두었음에 비추어볼 때 이 또한 특이한 선택이라고 할 수 있다.

지방에서 자라 서울로 올라오고, 또한 전통교육을 버리고 신학문으로 몰입해가는 당대 문인들의 일반적 성장경로를 그대로 따랐더라면, 근대적 문물에 대해 일방적으로 경도되기가 쉬웠을 것이다. 예컨대 「경부철도가」에서 최남선이 보여주었던 식의 근대 기계문명의 위력에 대한 투항적 존경 말이다. 이와는 대조적으로 박세영은 식민화의 핵심부와 주변부를 다른 이들과 상반되는 순서로 체험했고, 주변부에 대해 강한 애착을 지녔으며, 신학문에 접한 뒤에도 서당(한학)을 버리지 않았다.

강경 체험과 한학에 대한 집착은 한데 묶여 식민지적 근대에 대한 반감이라고 부를 만한 것을 산출했던 것 같다. 자연의 아름다움에서 '국토의 발견'으로, 그 국토를 빼앗아가고 조선인을 궁핍에 몰아넣은 일제에 대한 혐오로, 그리고 전통 한학에 대한 집착으로 이어진 것이리라. 그렇다면 박세영에게 한학이란 어떤 의미를 지니는가. 한학자 출신으로 식민화에 비타협적으로 저항하였던 신채호나 김창숙 등의 선택을 참조할 수 있겠지만, 한학에서 구체적으로 무엇을 배웠는지를 모르는 상태에서 단정지어 말하기는 어렵다. 그렇지만 한학은 박세영을 이해하는 데 핵심적인 문제 중 하나이니 가설적 차원에서라도 잠깐 설명할 필요를 느낀다.

경성과 강경, 신학문과 한학, 근대와 전통을 그는 동시에 체험하였다. 당대 식민지 조선의 두 대척점을 두루 섭렵한 셈이다. 게다가 경성에서의 궁핍과 강경에서의 생활적 안정이 대비되며, 국토의 아름다움 역시 강경에서 발견한다. 그렇다면 그가 아버지의 한학 훈습, 강경에서의 서당교육에 이어 배재고보에 다니면서도 서당에 다니게 된 심리는 짐작할 수 있다. 그에게 강경, 전통적 조선이란 생활의 안정과 아름다움의 근원이었다. 이 전근대에 대한 심리적 경사가 그를 한학에 집착하도록 만든 주요한 힘이었던 것이 아닐까.

식민지 조선의 시대사적 과제가 반제와 반봉건에 있었다면, 제국주의와 봉건을 두루 체험하면서 한학을 고수한 그의 체험과 선택은, 자신의 시대사적 사명을 올바로 설정하는 일에 큰 보탬이 되었으리라. 물론 반봉건의 명제와 한학이란 충돌하는 가치라고 판단할 수 있지만, 꼭 그런 것만은 아니다. 예컨대 한학을 통해 유교적 실천윤리 또는 사필귀정의 감각 정도를 몸에 익혔다면, 이는 나중에 그가 독립과 평등

한 사회를 이루기 위한 현실적 대안으로서 사회주의를 선택하게 되는 주요한 요인이 되었으리라고 짐작할 수 있다. 또한 그가 다른 많은 사회주의 문학운동가들과는 달리 일제 말에도 비타협적 저항을 유지할 수 있었던 것 역시 이와 관련지어 해석할 수 있다. 즉 대의명분을 중시하는 유교적 감각은, 강경에서 발견한 아름다움과 안정된 생활감각과 결합하여 이상적 사회에 대한 감각을 굳혀주었을 터이다. 그리고 이 소년기의 감각은 도덕과 미와 현실체험이 결합된 것이었으므로 그리 쉽게 변화하지 않았을 것이다.

그러나 이는 아직 어린 시절의 원체험일 뿐이었다. 이 체험과 감각이 세계관으로 형성되기까지는 좀더 기다려야 한다. 중국 체험, 염군사(焰群社)에 가입해 좌파 이론가들과 활동가들을 접촉하게 되는 일, 그리고 농민조합운동을 통한 현실 체험까지.

'문제없다' 박세영
—학창 시절

3·1운동 참가로 퇴학

2년 동안 강경에서 지낸 박세영은 1917년 다시 서울로 올라와 배재고등보통학교(현 배재중학교)에 진학한다. 자세히 알 길은 없지만 역시 맏형의 직장을 따라 옮겨왔을 것이다. 서울에서 '신식 학교'를 다니면서도 그는 이웃 서당에서 계속 한문을 배웠는데, 그 한문 선생은 우국지사여서 조국에 대한 이야기를 많이 들려주었다고 한다. 이 서당에서 비로소 "한시를 이해하였다"고 그는 술회한다. 칼을 차고 다니면서 황국식민화의 첨병 노릇을 하던 정규학교의 교사들, 그들에 의한 근대적 제도교육을 통해 얻을 수 없는 것, 즉 조국애와 전통적 문화로서 한시에 대한 이해를 그는 전통적 교육기관인 서당에서 섭취할 수 있었다는 것이다.

배재고보에는 다행히도 진보적 성향을 띤 교사들이 두 명

있어 박세영을 이끌었다.

이 학교에는 수신작문 교원 강매와 역사 교원 이중화가 진보적 교원으로서 학생들을 지도하였다. 특히 강매는 작문을 통하여 조국의 자연에 대한 사랑과 정의감으로 학생들을 지도하였다. 이러한 영향으로 박세영은 송영과 함께 1학년 재학 당시에 문학을 지망하고 새누리라는 동인잡지를 먹글씨로 써서 발간하였다.[15]

특히 송영을 만난 일은 문학의 길을 열어주는 결정적 계기가 되었던 듯싶다. "1917년 봄에 학교에서는 박연폭포로 수학여행을 가게 되었다. 이때에 개성에서 처음 알게 된 동무가 바로 동급생인 송영이었다. 후에 송영은 작문의 경쟁자 중의 한 사람이 되었다."[16] 송영을 만나기 전에 박세영의 문학수업은 주로 한문학을 통한 것이었고 보면, 배재고보에 입학하자마자 이미 신문학을 접하고 있던 송영을 만났음은 작지 않은 문화적 충격이었을 터이고 그를 통하여 보고 배운 바가 많았을 터이다.

이처럼 박세영이 제도교육에 대해 회고하는 바는 정규 교과내용이 아니라 학생자치활동, 그리고 그를 지도한 일부 교원에 집중되어 있다. 그의 회고 속에서 교과 내용에 관한 것이라면 작문 수업이 유일하다. 이 대목을 잠시 주목할 만하다. 근대계몽기 민간교과서는 독립과 근대화를 고취하려는 목적으로 활발하게 출간되었으니, 『서사건국지』, 『월남망국사』, 『유년필독』 등은 모두 널리 사용되던 교과서들이다. 그러나 이 민간교과서는 1908년부터 도입된 '교과용 도서검정 규정'에 의해 급격하게 쇠퇴된다. 현채의 『유년필독』 등 39종이 압수되고 7종은 출판법에 따라 발매반포를 금지당하는 것이다.[17] 따라서 박세영이 학교에 다니던 1910년대에 정규 학교의 교과서는 모두 일제의 검열을 받은 것들이었다. 박세영으로서 마땅히 회고할 만한 수업이 없었음은 거의 당연한 노릇이다. 그러나 작문 수업만은 학생들의 실제 작문을 놓고 수업을 진행하는 교과의 특성 때문에 검열의 방향과는 다소 거리가 있는 수업이 가능했을 것이다. 구술성을 검열하는 것은 문자 텍스트(교과서)를 검열하는 것보다 훨씬 어려울 수밖에 없기 때문이다. '진보적 교원' 강매와 이중화, 그중에서도 작문 수업을 맡았던 강매에 대해서 집중적으로 회고하는 까닭은 여기에 있을 것이다.

박세영은 송영과 의기투합하여 1917년 가을부터 '소년구락부'를 조직하고 『새누리』라는 문예윤독잡지를 발행했다. 그들이 같이 냈던 동인지 『새누리』는 지금은 남아 있지 않으나, "개발괴발 습작들"이었고, 더러는 "남의 글을 베껴서 제

글처럼 발표한 것"까지 섞여 있었노라고 송영은 회고한다.

비분강개한 민족주의 사상이 농후한 시와(주로 세영 등) 산문(주로 송영)이 실리었고 그외에 을지문덕장군 이순신장군 등 애국장군들의 전기문들과(이것은 주로 다른 문헌에서 베껴 가지고 제 글 같이 발표한 글들이었었다.) 금강산 기행, 박연폭포행, 설봉산기 같은 조국 산천을 예찬한 글과 심지어는 세계 위인전 같은 것도 실었다.[18)]

박세영도 비슷한 회고를 남겼지만 조금은 다른 정보도 준다.

적으나마 내가 배운 지식, 내가 본 조국강산, 내가 느낀 불합리한 사회, 이 모든 것이 호소의 의미를 띠면서 글에 담기었다. 즉 산에 올라도 산은 조선 소년의 기개를 안으라 속삭이는 듯, 들에 가도 가난한 농사꾼을 잊지 말라 외쳐주는 듯, 흘러가는 강물도 세월은 무정하게 흘러가나 소년아 조국을 잊지 말라 전하고 가는 듯 이런 감정을 작문에 담기에 애썼다.[19)]

송영과 박세영의 회고에는 국토의 아름다움, 그리고 그 국토의 강탈에 대한 분노가 공통적이다. 을지문덕 · 이순신 등이 모두 외침에서 나라를 구한 장군들이라는 점 또한 마찬가지 맥락이다. 『새누리』의 이러한 편집방향은, 박세영에게 강경 체험이 국토의 발견과 식민지적 근대에 대한 반감으로 이어졌다는 앞서의 판단의 한 방증이 된다.

작문 교사 강매는 『새누리』가 나올 때마다 일일이 지도를 해주었으며 그 덕분에 동인들의 글솜씨는 일취월장으로 자라났다고 한다. 그래서인가, 당시 배재중학교에는 송영이나 박세영 말고도 문인들이 많이 배출되었다. 그들보다 1년 선배로 박팔양 · 김복진, 2년 선배로 김소월 · 나도향 · 박용철 · 방인근 등이 있었다.

문학을 지망하는 청년들이 많고 좋은 선생이 있었으니 배재에서는 『새누리』 말고도 문학윤독 동인들의 잡지가 여럿 나왔다. 박팔양은 김여수(金麗水)라는 필명으로 『요람』이라는 잡지를, 윤기정은 『신청년』이라는 잡지를 발간하였다.[20] 잡지들의 제목만 보아도 짐작할 수 있듯이, 그들이 지향하는 세계는 새로운 세계였다. 그 '새로운 것'의 정체가 무엇이었는가. 그것은 의심의 여지 없이 '조국의 독립'이었을 터이다. 그렇다면 그들은 독립을 구체적으로 어떻게 이뤄낼 수 있다고 생각했는가.

"그때 우리들이 생각하던 새 세상은 사회주의──공산주의 사회는 아니었고 다만 왜놈 없는 세상——거기에만 그치었던 것"이라고 송영은 말하고 있다. 이 글이 북한에서 쓴 회고록이고 보면 좀더 일찍 좌파이론에 접했음을 강조하려는 유혹을 느낄 터임에도 그러하다. 따라서 이 회고를 믿어야 하겠지만, 아무래도 이 시절에도 사회주의에 대한 막연한 호감 정도는 있었으리라 짐작한다. 그들이 나중에 한결같이 카프 활동을 하게 된다는 점도 그렇지만, 특히 1917년 일어난 러시아 혁명의 존재를 염두에 넣을 때 그러하다. 예컨대 러시아 10월혁명의 소식을 들으면서 중학 1학년생이던 박세영은 "연습장에 레닌의 초상화를 수없이 그리"곤 하였다고 회고한다. 일제의 식민치하에 있던 젊은 문학도 박세영에게 10월혁명은 '새로운 것', 곧 조국해방의 가능성을 시사하는 사건이었던 것이다. 그렇게 막연하나마 지니고 있던 사회주의에 대한 호감이 나중에 중국 체험과 염군사 가입이라는 계기를 만나자 사회주의에의 투신으로 이어진다고 보는 편이 자연스럽다.

3학년 때인 1919년 3·1운동을 맞게 된다. 박세영과 송영은 등교거부에 나서면서 만세운동에 동참하는 한편, 지하 등사신문으로 『독립신문』을 만들어 배포했다고 송영은 말한다. 그 시절에 대해서는 송영의 회고가 친절하다.

그 때 세영의 집에서 세영과 나 그리고 몇몇 애국소년들은 비밀 프린트로 독립신문을 발간하였었다. 낮에는 등사판을 기름 먹인 종이에 싸서 우물 속에 감추어 두고 깊은 밤 뒷방 속에서 우리들이 원고를 만들고 등사지에 쓰고 인쇄를 하고 그리고 동트기 전에 어두운 거리로 나가 집집에 송포하였었다.

언제인가 세영과 나는 프린트한 신문 한 뭉치씩 품속에 품고 어두운 뒷골목길로 나갔다가 형사 놈과 맞부딪쳤다. 형사 놈은 우리를 붙잡고 몸을 수색하였다. 실로 아슬아슬하였었다. 그러나 세영은 대담하게 먼저 웃가슴을 내밀고 뒤져보라고 태연하게 말했다.

형사 놈은 우리들이 나이가 어린데다가 그 태도까지 태연한 것을 보고 안심을 하였다. 그럴 때를 타서 세영은 형사놈의 아랫배를 박아질렀다. 형사놈은 외마디 소리를 치고 그 자리에 꼬꾸라졌다. 이래서 우리들은 무사하였다.[21]

남한에 알려진 바로는 송영과 박세영이 당시에 만들었던 신문은 『자유신종보』(自由晨鐘報)였다. 하지만 송영은 『독립신문』이라고 말한다. 한편 박세영은 어떤 글에서는 "지하에서 『독립신문』, 『자유신종보』를 발행하는 데 혼연히 참여"[22] 했다고 하고 다른 글에서는 "『독립신문』의 일종인 『자유신종보』"[23]라고도 말한다. 물론 "『독립신문』의 일종이던 『자유신종보』"라는 박세영의 진술이 가장 구체적인 진술이라고 볼 수 있지만, 다른 진술들과 어긋나므로 확실하지는 않다.[24]

박세영 등은 체포되지 않았지만, 그들을 지도했던 배재고보의 교사 두 사람은 모두 투옥되었다고 한다. 박세영 등은 이에 항의해 등교를 거부하다가 1년 만에 다시 학교로 돌아간다. 복학해서도 동맹휴학을 벌이기도 하고, 일본말로는 수업을 받지 못하겠노라는 투쟁을 벌이기도 했다. 학교 밖에 있던 1년, 또 3학년으로 복교하여 졸업할 때까지 2년, 도합 3년 동안 그는 문학작품을 탐독했다. 등교거부와 수업거부를 선언했지만, 3·1운동의 열풍도 잦아들고 두세 달 동안 내던 지하신문도 더 이상 내기 어렵게 되자 뚜렷이 할 일이 마땅치 않았을 터, '책이나 실컷 읽자' 하는 마음이었을 것이다. 여하간 이 3년 동안의 집중적인 독서가 자신의 문학수업에서 가장 중요한 시기였다고 그는 회상한다.

나는 세계에서 유명한 작가들의 작품을 그리 많이는 못 읽었으나 시 문학을 전문으로 하려는 의도에서 시편들과 시집이라면 국내외 것을 막론하고 거의 빼놓지 않고 읽었다.

그러나 나의 문학열을 더욱 돋우어 준 것은 러시아 문학과 소비에트 문학이었다. 특히 쁘쉬긴, 테르몬프브, 괴테,

쉴러, 하이네, 바이런, 휘트먼 등 기타 많은 시집을 읽었으나 사실 나는 거의 무비판적으로 읽었을 따름이었다. 뿌쉬낀, 테르몬프브, 똘쓰토이, 고리끼, 마야꼬프스키, 베드늬의 작품들에서 나는 실로 깊은 감명을 받았다. 소비에트 문학은 내가 카프에 가맹한 후에 더욱 많이 읽게 되었다.[25]

특히 안데르센의 작품을 읽으면서 가난한 어린이들에 대한 작가의 애정에 깊이 감동했다고 한다. 두루 알다시피, 안데르센은 가난한 구두수선공의 아들로 태어나 가난 속에서 자라났으며, 작품 속에서도 가난한 아이들의 애환을 주로 그렸다. 나중에 박세영이 『별나라』를 책임편집하면서 아동문학에 힘을 기울이게 되는 것 역시 안데르센을 읽었던 독서체험과도 관련되리라 생각한다. 어쨌든 이런 지하투쟁의 경험은 『새누리』동인들의 의식을 깨우게 되었고 나중에 염군사로, 또한 카프로 발전하게 되는 계기가 되었을 것이다.

가난 속의 낙관성

박세영을 말하는 사람들이 한결같이 지적하는 것이 그의 낙관성이다. 일제 말 거의 모든 사람들이 전향하거나 혹은 절필과 은둔에 들어갈 때, 그는 만주 또는 간도로 망명해서 투쟁에 나서는 것이다. 그런데 이러한 면모에 너무도 잘 어울리게도 학창시절 박세영의 별명은 '문제없다'와 '귀신'이었다.

　　(박세영은—인용자) 뭐든지 못하는 일이 없이 다 할 수 있다고 장담을 한다. 대수나 기하시간에 어떤 어려운 문제가 새로 나왔을 때에도 실상은 쩔쩔매다가 어떻게 겨우 풀고 나서는 큰소리 친다.

　　"이까짓 것쯤이야 문제없다. 귀신 같이 다 해내고 만다"

　　이래서 그의 별명이 '귀신'이요 '문제없다'다. (……)

　　그 어느 때인가 나도 몇 끼를 굶고 세영을 찾아갔더니 세영의 집 부엌 안도 찬 바람이 불고 있었다.

　　그때 세영은 자기 굶은 것보다도 나의 굶은 얼굴을 보고 더 가슴 아파하면서 그의 외가집으로 가자고 하였다. 그의 외삼촌은 당시 이름있는 변호사이였으나 일제에 아첨하지 않고 민주적 량심이 있는 사람이였기 때문에 영업이 잘 되지 않아 역시 잘 살지는 못했다. 그러나 어쩌다가 소송 사건이나 하나 맡아 하고 나면 며칠 동안은 잘 지내고 일이 없으면 전당포 신세를 지든지 굶든지 하는 흐렸다 개었다 하는 살림살이였었다. 그러나 세영은 잘 먹는다, 문제없다고 나를 끌고 가군 하였는데 가 보면 그 집도 흐린 날씨였었다. 그래도 세영은 문제없다.

　　저녁은 잘 먹게 될 것이니 기다리라 하였다.[26]

그러나 저녁에도 굶을 수밖에 없었다. 물론 그 집 식구들도 함께. 박세영은 "다음날 아침에는 문제없다"면서 또 붙잡았다. 하지만 다음날 아침도 그들은 쫄쫄 굶었다는 것이다.

친구끼리이니 좀 놀려대는 말투도 섞였지만, 송영의 회고는 기본적으로 깊은 애정과 신뢰를 깔고 있다. 그도 그럴 것이 박세영의 '문제없다'는 허풍이나 빈 소리와는 다른 것이었다. 어떤 난관도 물리쳐낼 수 있다는 적극적이고 낙관적인 사고가 이미 체질화되어 있었음을 말해준다. 예컨대 다음 일화를 보자.

'문제없다'는 별명을 지닌 그답게 박세영은 자신의 병을 스스로의 의지로 극복하여 완쾌하기도 했다고 한다. 1918년, 즉 배재고보 2학년 때 그는 위병을 앓는다. 의사들이 "아주 위중하다"고 진단을 내렸지만, 가난한 집안형편에 약인들 마음대로 쓸 수가 없었다. 중병 진단을 받았는데 돈이 없어 치료를 못 받는 절망적 상황. 그러나 박세영은 역시 "문제없다"로 그 병을 스스로 치료해나간다. 매일 새벽 '약박골 약수터'에 다니고 아침운동을 하면서 절조 있는 생활을 꾸준히 해나갔다. 이렇게 혼자 힘으로 생활을 관리해나간 지 3년 만에 건강을 회복하였다는 것이다. 이 경험에서 「약수터」라는 작품을 쓰고 이를 『새누리』에 실었다고 한다.[27]

이 "문제없다"는 학교를 졸업한 뒤에도 계속 박세영이 즐겨 쓰던 말이었다. 중국 유학에서 돌아왔지만 그는 직업도 없이 외가댁에 기식하게 된다. 외할머니는 외손자의 모습을 답답하게 여겨 이렇게 말씀하신다. "돈도 안 생기는 노릇을 해서 무얼 하느냐", "글에 미친 송생원이라더니 네가 바루 그렇구나", "저렇게 끙끙거리고 글을 쓴대도 할미 담배 한 갑 못 사주겠구나." 그때마다 박세영은 이렇게 답했다고 한다. "할머니, 돈보다 글이 귀할 때가 올 것입니다. 할머니, 그때는 문제없습니다."[28]

앞서 살핀 대로 식민시기 말에 많은 사람들이 독립에 대해 절망해갈 때까지도 박세영이 그에 휩싸이지 않을 수 있었던 것은 바로 이 낙관성의 힘이리라. 이 낙관성은 물론, 자본주의는 자체모순에 의해 붕괴한다는 사회주의적 세계관과 직결되는 것이겠으나, '사필귀정'으로 대표되는 유교적 가르침을 어릴 적부터 훈습했던 것과도 관련될 터이다.

피바다에서 은하수로

박세영은 백하(白河)라는 필명으로만 널리 알려져 있지만 박환(朴幻)·혈해(血海)도 사용한 적이 있었다. 물론 염군사 시절부터 백하를 쓰기 시작하는 만큼 박환·혈해는 습작기의 필명에 불과하긴 하다. 습작기에 필명을 어떤 뜻으로 지었는가를 살펴보는 것은 그의 사상적 편력을 짐작하는 데 유익할 것이다. 『새누리』 시절에 박세영과 송영은 필명을 처음으로 갖게 되었다고 한다.

세영은 박환, 나는 송영[29]이었다. 이것은 우주의 환영이라는 뜻에서 지은 것인데 세영이 나보다 형이었기 때문에 환자를 붙이고 나는 영자를 붙이게 되었다. (……) 우리는 그때 문학상으로 세계에서 제일 가는 작가가 되려고 꿈을 꾸었다.[30]

두 단짝친구가 '환영'(幻影)을 둘로 나눠 필명으로 나눠가졌다는 것이다. 이 다분히 몽환적인 필명은 그 시절까지 그들은 아직 사회주의 이론의 세례를 받지 않았다는 회고와 잘 어울린다. 그러나 곧이어 박세영은 호를 '혈해'로, 또 '백하'로 바꾼다.

세영은 염군사 시절부터 필명을 백하라고 했다. 원래 그의 호(필명)는 혈해──즉 피바다였던 것이다. 피빛은 붉다. 바다는 쉬지 않고 움직인다. 그러니까 혈해는 글자 그대로 피바다가 아니라 혁명은 전진하고 승리한다는 상징적인 뜻을 가진다.

그러나 그것은 너무 끔찍하다. 그래서 백하라고 고치었

다. 백하는 은하수를 말하는 것이었다. 은하수는 그 어떠한 폭풍우에도 없어지지도 않고 물러서지도 않는다. 그래서 백하라고 하였던 것이다. 백하는 퇴폐적인 부르죠아 시인들이 달이요, 별이요, 견우요, 직녀요 하는 그러한 애상적인 무기력한 은하수는 아니라는 것은 두말할 것 없다.[31]

사실 '백하'라는 호는 염군사의 창립 멤버였던 프로 시인의 호로서는 잘 어울리지 않는다. 더군다나 '피바다'에서 '은하수'로 넘어갔다면, 또한 그 시점이 염군사 활동을 시작하면서부터라면 더욱 그렇다. 위 인용문에서 송영이 박세영의 '백하'라는 호가 퇴폐적 부르주아적 시인의 그것과는 구분된다는 변호에 주력하고 있는 것도 이를 의식했기 때문일 터이다. 물론 박세영이 염군사 창립 때 중국에 있었다는 점, 나중에 국내에 돌아와서야 염군사 신규 회원인 이적효 등을 만나 사회주의의 세례를 받게 된다는 점을 감안한다면 이는 이해할 수 있는 대목이기도 하다.

그러나 박세영이 '혈해'라는 호를 버리고 '백하'로 바꾸었다는 사실이 송영의 1962년 회고에 의해 밝혀진다는 점은 아무래도 고개를 갸우뚱하게 만드는 대목이다. 「피바다」는 다 알다시피 북한의 대표적인 혁명가극이며, 김일성이 직접 창작했다고 찬양되는 것이다. 그렇다면 박세영이 이미 염군사 시절에 '피바다'라는 뜻의 필명을 썼음은 영광스러운 일일 수 있다.[32] 그런데 송영은 1962년에 와서 '혈해'는 피바다라는 뜻이 아니었다고, 더군다나 피바다는 "너무 끔찍하다"고 말한다. 말할 것도 없이 비판의 대상이 됨직하다. 하지만 송영과 박세영은 그 뒤에도 별 탈 없이 북한문단의 원로로서 군림한다. 이해하기 어려운 일이다.

그 원인에 대해서는 뭐라 말하기 어렵다. 판단할 근거가 거의 없기 때문이다. 그러나 적어도 이런 사실은 북한문학에 대한 우리의 고정관념을 조금이나마 수정해준다. 북한문학사는 당의 완벽한 지도와 그에 어긋나는 것들에 대한 가차없는 비판 숙청으로 점철된 것이라는 통념과는 어긋나는 지점을 비록 사소한 대목에서나마 발견한 셈이다. 우리의 고정관념과는 달리 북한문학, 북한문단의 정치성에도 허술한 부분이 전혀 없지는 않다는 작은 증거는 아닐까.[33]

여하간 박세영이 '피바다'를 버리고 '은하수'로 넘어갔음은, 그리고 월북 이후까지도 '백하'를 고집했음은 주목할 만하다. 다소 확대해석의 혐의를 무릅쓰고 말하자면, 그는 공식적인 이데올로그이기만 했던 것이 아니라는 점, 적어도 월북 이전까지는 상당히 복합적인 면모를 지닌 시인이었다는 점을 시사하는 것이다.

중국 유학, '호랑이굴'을 떠돌다

배재고등학교의 학적부에 따르면 박세영은 1920년 4월 1일 3학년에 편입학, 1922년 3월 22일에 4학년을 마치고 졸업했으며, 그 이전의 입학기록은 없다. 1917년 1학년에 입학하면서 처음 만났다는 송영과 박세영의 회고와는 다르다. 아마도 3·1운동 때 1년 동안 등교거부를 한 까닭에 1920년에 다시 3학년이 되었을 것이다. 학교 당국에서도 제적 동기 등을 감안하여 '편입학'이라는 편법으로 받아들여주었을 터이다. 입학 당시의 기록이 없는 것은 제적과 동시에 학적부가 폐기되었기 때문이 아닐까 추정한다.

1922년 배재고보를 졸업한 그는 4월에 중국 유학을 떠난다. 중국 유학 무렵의 박세영에 대해 북한의 『조선문학사』는 다음과 같이 적고 있다.

서울에서 송영 등과 함께 중학을 다녔고 1922년에는 중국으로 건너가 전문학교를 다니면서 시창작을 하기 시작하여 1923년에 처녀작 「황포 강반」을 잡지 『염군』에 발표하였다.

1924년에는 조국으로 돌아와 시창작을 계속하면서 1925년 카프의 결성과 함께 카프에 참가하고 아동문학의 창작에도 힘을 기울였다.[34]

박세영의 중국 유학에 대해서는 많은 사항들이 아직 분명치 않다. 권영민은 '상하이(上海) 혜령영문전문학교 수학'이라고 밝히고 있어,[35] 진링대학(金陵大學, 현재 난징대학)으로 유학을 떠났다는『동아일보』보도[36]와는 어긋난다. 교지『배재』창간호에는 난징(南京) 유학 중으로, 2호에는 상하이 유학 중으로 되어 있는 점, 또한 위『북한문학사』의 '전문학교'라는 표현으로 미루어 진링대학 입학이 계획처럼 되지 못해(또는 입학했다가) 나중에 혜령영문전문학교[37]로 바꾸지 않았나 추정할 수 있다.[38] 여하간『동아일보』기사로 미루어 적어도 출국할 때에는 난징의 진링대학 유학을 목표로 했다는 점만은 분명하다. 그렇다면 왜 난징의 진링대학인가.

난징은 홍수전이 태평천국을 일으킨 곳이었으며, 손문이 중화민국을 세운 땅이었다. 몽양 여운형이나 의열단장 약산 김원봉 등이 진링대학 출신이라는 점만 보더라도 확인할 수 있듯이, 이 대학은 반일적 분위기가 강력한 편이었다.[39] 이 같은 사실은 국내에도 알려져 있었다. 예컨대 다음과 같은 당시 보도는, 시기는 좀 뒤늦은 것이지만, 이 같은 사정을 단적으로 전해준다.

　　남경 금릉대학내의 배일풍조는 의연 ○렬○극하여 8일에는 중국헌병대원이 동교내에 배일 포스타가 첨부된 것을 발견하고 곧 떼었는데 학생단은 격앙하여 헌병대원을 난타하였다는 급보에 의하여 헌병대는 동 대학을 포위하고 폭행학생의 인도를 요구하였던 바 학생단은 이를 거부하여 정면충돌의 위기에 ○하였다가 대학당국의 중재에 의하여 석양에야 겨우 원만해결되었다.[40]

박세영이 진링대학에 유학하기로 결정한 것은 아마도 이런 배일적 분위기와 결코 무관하지 않을 것이다. 좀더 주목할 것은 그가 일본이 아니라 중국을 유학지로 택했다는 점이다. 조선이 서구적 근대를 접촉하는 경로는 초기에는 주로 대륙을 통해서였다. 잘 알다시피 청나라 때 연경은 조선 지식인들의 서구에 대한 간접체험의 최대 창구였으니, 박지원의 『열하일기』 등 많은 연행록(燕行錄)을 산출했고 조선 후기 실학파의 지적 원천이었다. 또한 러시아 10월혁명이 3·1운동의 주요한 동기 중 하나가 되는 데서 보듯이 러시아 역시 주요한 근대와의 접촉 통로였다. 하지만 청일전쟁과 러일전쟁을 겪고, 이후 식민화가 진행되어가면서 대륙의 통로는 막히게 되고 거의 일본을 통해서만 서구적 근대를 경험하게 된다.

그리하여 박세영이 유학길에 오르던 1922년 무렵에 '유학'이라면 '일본 유학'을 상식으로 알던 때였으며, 중국 유학이란 유학이라기보다는 차라리 망명이나 독립투쟁의 의미가 강해진다. "집에서 일본으로 가라는 것을 거부하고 반대로 중국으로 갔다. 속담에도 호랑이굴로 가야 호랑이를 잡는다 했는데 반일사상이 치솟는다 하여 나는 차라리 중국으로 갔던 것이다"[41]라는 박세영의 진술은 이런 맥락에서 이해될 수 있다. 1922년에 박세영이 유학지로 중국을 택했다는 것은, 이런 맥락에서 이해할 때 결코 작지 않은 의미가 있다고 하겠다. 그러면 그는 중국에서 무슨 일을 보고 들었던가. 잠시 그의 회고를 직접 들어보자.

나는 중국으로 가서도 산문과 운문이 섞인 일기문을 계속하였다. 거기에는 당시 반식민지의 처지에 놓여 있던 중국사회의 복잡성과 고통받는 중국의 근로인민들의 쓰라린 생활 모습을 형상한 산문들이며 시편들이 포함되어 있었다. (……)

그때 제국주의 침략을 반대하여 궐기한 중국의 노동자·학생들의 기세는 불길 같았다. 일제를 반대하여 싸운 시위 대열은 기세도 당당히 일본인이 거류하는 '홍구' 거리를 행진하는 것이다. 이런 때는 일제 놈들도 쥐 죽은 듯이 떨고들 있었다. 중국인민의 단결의 위력을 본 내가 어찌 그들의 혁명 승리를 확신하지 않았겠는가.

나는 중국에 있을 때도 갖은 고생을 다 겪었다. 약육강
식이 지배하고 있는 썩어빠진 사회에 대하여 멀미가 났다.
원대한 희망을 품고 중국으로 갔던 나는 그야말로 첫 타격
을 되게 받았다.[42]

　구체적으로 어떤 교육기관에서 얼마 동안이나 수학했는지
에 대해서는 기록들마다 서로 다른데다가 박세영 자신도 확
실하게 밝히지 않아서 자세히 알 길이 없다. 박아지의 회고
가 비교적 구체적인 편이므로 믿을 만하겠는데, 그에 따르면
혜령전문학교에서 수학하고, 톈진·상하이·난징·베이징
등을 돌면서 중국 체험을 통해 시야를 넓힌 것으로 되어 있
다.[43] 역시 유학다운 유학이라고 보기는 어렵다. 결국 그의
중국 유학은 정규 교육기관을 통한 것이라기보다는 격변의
중국사회 속에서 스스로 학습하는 독학에 가까웠다고 보겠
다. 하지만 그가 배재고보보다는 서당에서, 그리고 3·1운동
시기 지하문화투쟁을 통해서 훨씬 더 많은 것들을 배웠듯이,
배재고보에서도 정규 수업보다는 동인지 활동이나 일부 양
심적 교원과의 접촉을 통해서 더 많은 것을 배웠듯이, 당시
중국사회를 체험한 일은 정규 교육기관에서의 학습 못지않
게 의미있는 배움의 기회가 되었을 것이다.
　그는 중국에 머물면서 반(半)식민지 상황에 놓여 있던 중

국인민들의 참상을 눈으로 보았으며 그 울분을 다룬 몇 작품을 산출한다. 『염군』에 발표한 「黃浦江畔」을 비롯하여, 나중에 국내에 돌아와서 발표한 「江南의 봄」, 「北海와 煤山」, 「解放되어 가는 處女地」, 「花園이 보이는 二層집」 등이 그것들이다.

그러나 그는 중국에서 별다른 사상적 변화를 보이지는 않는다. "상해로 간 것은 당시 상해에 있던 민족주의자들의 가정부(假政府, 임시정부를 뜻함—인용자)에 대한 환상을 가지고 있었기 때문이다. 세영은 상하이에 가서 영자신문사의 일공(하루 일하고 하루 품삯을 받는 고정되지 않은 임시 노동살이—인용자) 교정원 생활을 하면서 영어전문학교에서 고학을 하였다. 그것도 마음대로 되지 않아서 한때 불어 개인교수도 받은 일이 있다"[44]는 것이다. 임시정부를 찾아서 상하이로 갔다지만 별다른 접촉이 있었던 것 같지는 않으며, 다른 항일운동 조직에 몸담은 적도 없는 듯하다. 또한 2년 반 남짓 머물면서 학교도 두 곳을 옮겨다닌데다가, 영어 학교에 적을 두었다가 불어를 배우기도 했다는 것이니 한마디로 갈팡질팡인 셈이다. 결국 중국에서의 그는 학교건 사회운동단체건 특정 조직에 들어가기보다는 고립분산적인 관찰자에 머물면서 이런저런 진로를 모색하였던 것으로 추측할 수 있겠다. 말이 좋아 유학이지 고학일 수밖에 없었으며, 그나마 나중에는 고학도 아니고 방랑생활에 가까웠던 것 같다.

박세영이 중국으로 간 직후 국내에 남아 있던 송영 등은 염군사를 조직한다. 송영에 따르면 염군사는 배재의 『새누리』가 모태가 된 것이었다. 1922년 졸업을 하게 된 송영·박세영 등 『새누리』 동인들이 졸업 뒤에도 활동을 계속하기 위해서는 잡지나 모임이 필요했고, 졸업을 하게 된 마당에 학창시절의 습작 윤독지로는 만족할 수 없게 되었을 테니, 좀더 회원을 확장하여 정식 동인지를 만들어내게 되었으리라. 염군사는 박세영이 중국 유학을 떠난 뒤에 만들어졌으니, 그는 염군사의 중국 특파원이라는 이름만 걸고 있었을 뿐, 창간호에 작품 「황포 강반」을 싣는 정도에 그칠 뿐 실제적 활동은 없었던 것으로 보인다. 여하간 생활고 때문에 더 이상 유학을 지속할 수 없던 그는 2년 반의 중국 생활을 접고 1924년 가을에 귀국한다. 그러나 그는 중국 체험을 통해 반식민지 상태였던 중국 민중들의 고통스런 생활을 목격할 수 있었고, 그 느낌을 산문과 시로 형상화한 '문학일기'를 계속해서 써나갔다. 이 문학일기는 1929년 일본 경찰에 구속됐을 때 압수당하여 남아 있지 않지만, 귀국 후 발표한 중국 기행 경험을 그린 시들의 바탕이 된 것이었다고 박세영은 술회한다.

투쟁과 망명
―카프 시절

꿈에도 그리던 조선 땅에 돌아왔지만 여전히 가난했다. 거처할 방 한 간도 없었으니 어쩔 수 없이 외갓집에 얹혀사는 신세가 되었다. 그는 기식생활을 계속하면서도 "문제없다"를 외치면서 카프에 가입하고 『별나라』 책임편집을 맡는 등 본격적인 문학활동에 나선다. 「大地에 그린 불그림」을 쓰던 1927년 무렵 "외갓집 기식에도 한계가 있어" 단칸 셋방을 얻어 나온 그는 1년이 멀다하고 셋방을 옮겨다니면서, 책상 대신에 밥상을 놓고 글을 썼다. "밥을 먹고 나서는 그 밥상을 훔치고 나서야 마치 사주보는 사람처럼 거기서 원고를 쓰는" 것이었다. 그 셋방에 장판이 찢어져 초배지가 드러났다. 무심히 보고 지내는데 한번은 손님이 와서는 그 찢어진 장판을 보고 "이건 세계지도와 같군"이라고 말했다는 것이다. 그도 그럴 것 같다고만 생각하고 지내다가, 나중에 그곳에 붉은 잉크가 엎질러져 초배지가 온통 붉게 물들게 되었다. 그 초배지 부분이 마침 소련 지도에 해당되는 부분이었으니, 공산혁명에 성공한 지역이 붉은 잉크로 표시된 새 세계지도가 완성된 셈이다. 여기서 시상을 얻은 작품이 바로 「대지에 그린 불그림」이었다는 것이다.[45]

이 작품은 당시 상황 속에서는 도저히 공식 매체에 발표할 수 없었던 것이고, 따라서 나중에 시집 『流火』에 수록되었다. 이 시집은, 박세영의 회고에 따르면, 식민시기에 발표될 수 없었던 전투적 시편들을 모아 해방 직후 출간한 것이다. 하지만 그 후 박세영이 월북하고 한국전쟁이 벌어지고 하는 혼란기에 유실되어 지금은 찾을 길이 없다. 「대지에 그린 불그림」만은 오늘까지 남아 있으니, 아마도 시인에게 초고가 남아 있었던 덕분이리라.

그가 대표작 「山제비」를 얻은 계기도 역시 가난 때문이었다. 생활비를 변통해보려고 충남 보은에서 의사로 개업하고 있던 동창생 박인서를 찾아갔다. 그러나 그가 너무 극진하게 대접해주는 바람에 돈에 대한 이야기는 차마 입 밖에 낼 수도 없었고, 드디어는 스스로도 왜 왔는지를 잊어버렸다. 박인서는 멀리 내려온 친구에게 속리산 구경을 다녀오라고 권유했고, 이때의 등반 경험에서 「산제비」를 쓰게 되었다는 것이다.[46]

카프 시기 그의 문단이력은 아직 불명확한 것이 많지만, 대체로 믿을 만한 사실들만을 간단하게 정리하면 다음과 같다. 1923년 『염군』을 통해 작품활동에 들어가지만, 그가 본격적으로 작품발표를 시작한 것은 1927년이다. 1927년 1월 『문예시대』에 「農夫아들의 嘆息」, 「海濱('해변'의 뜻―인용자)의 處女」, 「어머니의 사랑」, 「山峽에서」를 한꺼번에 발표한 것이다. 1926년 아동잡지 『별나라』의 편집을 맡으면서 동요들을 다수 생산했으며, 1928년 『조선지광』(11월호)에 「타적」을 발표하는 것을 계기로 본격적인 프로 문예운동에 투신한다. 그 이후 일제의 탄압이 강화됨에 따라 1937~38년경 붓을 꺾을 때까지 약 10년 동안 많은 시를 썼으며, 1938년에는 『산제비』를 묶어냈다. 1937년 이후 모교인 배재중학에 근무하면서 생활의 안정을 찾았지만, 1942~43년 무렵 직장을 그만두고 만주로 건너가 항일운동에 투신했으며 청진감옥에서 해방을 맞는다. 그의 식민시기 카프 활동은 한마디로 세 차례에 걸쳐서 1년 동안 일제에 피검되는 등 고초를 겪으면서도, 윤기정·홍구·박아지 등과 함께 끝까지 카프 해체에 반대하는 등 끝내 항일 투쟁의지를 굽히지 않는 것이었다고 요약할 수 있다.

　그가 남한에서 남긴 작품은 시집 『산제비』에 수록된 38편과 해방공간의 1년 남짓 동안 여기저기에 발표한 것이 거의 전부이다. 이 작품들은 "도저히 한 사람이 썼달 수 없을 만치 그 변화의 무상함을 알 수 있다"고 『산제비』의 자서(自序)에서 진술하고 있듯이 매우 다양한 경향을 나타내고 있다. 박세영이 일제에 대한 자연발생적 분노에서 출발하여 사회주의에 투신하고, 한학에서 출발하여 신문학으로 이행해 갔으며, 서울과 농촌, 중국 등 다양한 체험을 했다는 점들을 고려한다면 이는 거의 당연한 노릇이라고 할 수 있다.

그러나 이러한 다양성 속에서도 공통점은 있으니, 당대 사회의 가장 예민한 문제들에 골고루 관심을 쏟고 있다는 점이다. 유·이민(流移民)의 처절한 상황을 그리는가 하면(「最後에 온 消息」, 「다시 또 가는가」, 「鄕愁」 등) 중국 체험을 바탕으로 일제의 침략에 신음하는 중국대륙의 이야기도 전하고 있다(「강남의 봄」, 「북해와 매산」, 「明孝陵」 등). 공장 노동자의 삶과 땀, 그리고 절망을 그리거나(「화원이 보이는 이층집」, 평양고무공장 파업을 다룬 「夜襲」〔1930〕, 메이데이 투쟁에 관한 「밤마다 오는 사람」〔1931〕, '일제와 자본가의 이중착취'에 허덕이는 공장 여공을 그린 「山골의 工場」〔1932〕 등), 일제에 저항하다가 체포당한 동지에 대한 회고와 자신의 의지를 다지는 작품(「花紋褓로 가린 二層」), 또한 아들을 만주 간도 등으로 떠나보낸 어머니의 심경을 그리기도 했고(「山村의 어머니」, 「嘆息하는 女人」), 자꾸만 나약해지려는 자신을 스스로 경계하는 작품(「나에게 對答하라」,「午後의 摩天嶺」,「覺書」,「漂泊」 등)들도 있다.

남한시기 작품의 특징은 다음 네 가지로 요약해볼 수 있다. (1)일제에 대한 저항의지, (2)소시민성에서 벗어나려는 노력, (3)노농대중과의 의사소통 추구, (4) '삶의 투쟁'에 대한 열패감 등이다. 그 각각에 대해 살펴보면서, 식민지시기 모든 문인이 일제의 검열에서 자유로울 수 없었다는 점을 감안하여 박세영이 검열에 대해 어떤 방식으로 대응했는지를 추가적으로 살피기로 하자. 즉 이 장은 박세영의 카프 시기 활동을 개략적으로 살핀 뒤에, 위에서 설명한 다섯 개의 소주제를 살피는 5개의 절을 배열하여, 모두 6개의 절로 나눠 살피기로 한다.

염군사와 카프 활동—사회주의에 투신

우리 문학사에서 염군사는 최초의 사회주의적 문학단체로 의미를 지니는 것이지만, 박세영에게도 이 단체는 꽤 큰 의미를 지닌다. 그가 사회주의에 투신하게 되는 결정적인 계기는 바로 귀국해서 만난 이호·이적효 등 염군사 회원들과의 교유라고 해야 할 것이기 때문이다. 이에 대해 엄호석은 이렇게 서술한다.

박세영의 세계관적 성숙은 24년 중국으로부터 돌아온 직후부터 더욱 촉진되었다. 그것은 로동계급의 급속한 대두와 맑스-레닌주의 사상의 전파, 또 이에 따르는 프로레타리아 문학 대렬의 확대 등 당시의 국내의 시대적 전변 속에 휩쓸리기 시작한 때문이다. 특히 상하이에서 돌아온 직후 '염군사' 동인들인 혁명적 인테리 이호와 노동청년 이적효와 접촉하게 된 것은 그의 프로레타리아 세계관의 형성에 있어서 중요한 사실로 되었다. 그러기 때문에 25년 연희전문학교에 편입된 때부터 교내에서 반종교투쟁을 전개하였으며 학생들 간에 맑스주의 학도로 알려진 것이 우연하지 않다. 그가 25년에 카프에 가맹한 것도 이 연희전문학교 재학 당시였다.[47]

박세영 역시 다음과 같이 회고하고 있어 엄호석의 진술을 뒷받침한다.

물론 내가 조국에 돌아와 사회과학의 이러저러한 서적들을 많이 탐독하고 계급의식이 싹트기 시작하였으나 나의 사상의식을 개변케 한 것은 나의 생활체험(중국에서의 생활체험을 말한다—인용자)이 또 하나 작용한 것으로 생각한다.[48]

위의 증언에서 드러나듯이 박세영이 사회주의 사상에 경도되는 계기를 이룬 것은 중국 체험에 이은 염군사 가입이었다. 비록 1917년 혁명 소식을 듣고 이미 레닌의 초상화를 끝없이 그렸노라고 술회하지만, 그것은 단지 막연한 동경을 말해주는 에피소드일 뿐이었던 것이다.

  그가 사회주의에 경도된 것은 이호·이적효와의 교유가 중요한 계기였다고 한다. 구체적인 사실을 알 수는 없지만, 아마도 그들이 이미 상당한 사회주의 이론가·실천가였음을 감안한다면 교유라기보다는 일방적으로 배우는 분위기였으리라. 귀국 1년 만에 사회주의를 받아들여서 연희전문에서 이미 '마르크스주의자 학도'로 알려지게 될 정도였으니 다소 성급한 사상 선회라는 느낌도 들 수 있겠다. 하지만 그 당시 청년들의 사회주의 입문 과정이 대체로 그러했으며, 게다가 유년기의 가난 체험, 일제의 식민지적 근대화에 대한 반감, 러시아 혁명, 중국 체험 등 그가 그때까지 겪어온 경험들을 염두에 넣는다면 그렇게만 말하기도 어렵다.

  앞서 우리는 박세영이 이미 식민지적 근대에 대한 반감을 지니고 있었음을 보았다. 그러고 보면 사회주의로의 이행은 박세영이 아버지의 훈육과 한학적 소양을 통해 이미 간직하고 있던 반일 성향의 계승이라고 할 수 있다. 하지만 그가 지니고 있던 또 하나의 경향, 즉 민족주의적 경향이 마르크시즘의 세례를 받으면서 어떤 방식으로 정리되었는가에 대해서는 알 길이 막연하다. 그는 이론적 저술을 거의 하지 않은 시인이었던데다가, 사회주의로의 선회에 대해서도 밝혀둔 것이 거의 없기 때문이다. 이 문제에 대한 그의 명확한 표현은 "형식에서는 민족주의적이요 내용에서는 사회주의적이어야 한다"는 월북 이후의 진술이, 필자가 확인할 수 있었던 한에서는, 전부이다. 이렇게 명확한 증거가 없으되, 당대 많은 지식청년들이 사회주의로 기울어가는 까닭과 크게 다를 바 없었을 터이다. 민족의 해방을 위한 가장 현실적인 방책은 사회주의에서 찾을 수 있다는 판단에서 이를 받아들였으리라는 것이다.

사회주의를 받아들인 박세영은 1925년 카프 창립 멤버로 참여하며, 같은 해 소년잡지 『별나라』의 편집을 담당한다. 당시 인쇄소를 경영하던 안준식이 발행하던 진보적 성향의 이 잡지는 박세영이 편집책임자가 된 이후 카프의 기관지 구실을 하게 된다. 그는 『별나라』를 프롤레타리아 아동계몽 잡지로 발전시키면서 당시 많은 독자들을 장악하고 있던 소파 방정환의 아동잡지 『어린이』와 경쟁했다.

박세영은 『별나라』를 편집하면서 아동극 「어린 소제부」와 동시극 「소〔牛〕병정」을 발표한다. 이 작품들은 현재 찾아 읽지 못하니, 박세영의 회고에 따라 내용을 그저 짐작만 할 수 있을 뿐이다. 「어린 소제부」는 "소련의 소년들은 자기 고향을 깨끗하고 아름답게 소제('청소'의 일본식 표현—인용자)하지만 우리는 암흑과 착취와 개인 향락을 끝내 누리려 날뛰는 자본가 지주들을 이 세상 밖으로 쓸어버려야 하겠다"는 줄거리였다. 한편, 「소병정」은 "감화원의 아동을 주인공으로 하여 자본주의 사회의 불행을 보여주며 평화스럽고 행복한 새 사회를 인민대중에게 보여주려 하였"던 것이며, "그러나 이 작품도 일제의 탄압으로 상징적 수법을 많이 적용할 수밖에 없었다."[49] 박세영은 1929년에 「어린 소제부」와 관련된 필화사건으로 서울 용산경찰서에 체포되기도 했다. 또한 1932년에도 카프 도쿄지부에서 발행한 『우리 동무』 배포사건으로 신고송·정청산 등과 함께 검거된다.[50] 동지들의 이름을 대라는 강요에도 불구하고 끝까지 거부했던 것으로 알려져 있다. 『별나라』는 압수 5회, 삭제 1회, 간부 체포 2회 등 수난[51]을 겪었으며, 내용의 절반을 일본어로 하라는 일제의 강요를 거부한 까닭에 1939년에 폐간되었다.

그의 카프 활동은 거의 『별나라』를 통해 이뤄진다. 그가 이렇게 아동문학에 대해 많은 관심을 기울인 것은 물론 새 세대에 거는 기대를 말해주는 것이다. 뒤늦게 계급적 각성을 하게 된 그는, 뒤에 보듯이 늘 자신의 소시민성에 대해 고심하였으며, 그런 나머지 어린 세대에 대해 계급·독립사상을 교육시키는 일이 중요하다는 판단에 이른 듯하다. 이처럼 새 세대에 희망을 걸면서 그들을 주된 계몽의 대상으로 삼는 잡지들을 내는 것은, 최남선이 『소년』을 창간하고 방정환이 『어린이』, 『학생』 등을 창간하는 데서 보듯이, 당대의 지배적인 한 흐름이기도 했다.

불굴의 저항—그 날이 오면

1, 2차 카프 맹원 검거에 이어 1935년에는 마침내 카프가 공식 해산하고 1937년 조선문예회가 발족되면서 소위 황국 문학이 본격화되자, 이 땅의 내로라하던 시인·작가들은 일제의 식민통치와 제국주의 전쟁에 봉사하는 작품들을 생산하기 시작한다. 이에 비추어 1936년 5월의 시집 『산제비』 자서에서 박세영이 여전히 일제에 대한 투쟁의지를 밝히며, 또한 그 무렵의 작품들에서도 마찬가지였던 점은 인상적이다.

이 시집에 실린 시 중 비교적 후기에 속하는 1934~36년에 쓴 작품을 그 문장 시제를 기준으로 나누어 살펴보자.

과거: 네가 떠나던 해에 네 아버지를 여히고
　　　　또 사랑하던 네 어린동생을 잃은줄,
미래: 내 몸에 피가 식을때까지는 일을 하련다,

하나 남은 네 동생을 위하여.
• 「탄식하는 여인」(1936) 일부

과거: 그대는 어린것을 업은채,

　　　만주벌판에 엎으러지고 말었다지,

현재: 만일에 햇빛이 다시 한번 노을을 펴보지 못한다면

　　　이내 가슴의 情熱로라도 펴보고 싶구나,
• 「최후에 온 소식」(1936) 일부

　위에서 보듯이 박세영 시에서 과거의 상황은 한결같이 고난의 연속일 뿐이고, 현재 또한 힘겨운 상황이지만, 긍정적인 미래를 위한 투쟁의지만은 늘 지속된다. 좀더 직설적인 작품으로는 「나에게 대답하라」를 들 수 있다.

　너와 나, 또 수많은 동무들이,

　삶의 뜻을 알려고 어린 시절을 보낸지도 여러해,

　하늘 같이 높던 그 理想은 다 꺼지고 말었다.

　너와 나, 또 왼 세상의 靑春들이

　한번씩은 다 가져보는 그 마음,

　그 마음은 높게 하늘로 떠올르는 사람들이 되여

검은 구름에 앞을 못보고,

헤매이다 떨어져 버리는구나.

생각하면 날개도 없이 뛰어 올라간 蠻勇을,

내 어찌 恨하지 않으리.

오! 너는 나에게 對答하라,

하늘에 닫든 너의 理想을 누가 앗어 갔나 對答하라,

그러면 일즉이 너는 너의 모든 誠意와 奮鬪를 감춰버리고

偶然과 自信을 내세운 일이 없는가 對答하라.

(……)

人類를 사랑하자던 마음은

나만 알자로 되여버리고,

社會를 위하여 이 몸을 바치자던 생각은 나의 享樂만을
꾀하게 되야

너는 天術師와같이 한 가닥 남은 良心조차 속이었다,

그리하여 너의 남어지 한가닥 希望까지도 없새고 말었다.

(……)

恥辱의 十年이 떳떳한 하루만 못하고,

享樂의 百年이 眞理의 하루만 무에 낫겠니, 아하 너는 對
答하라.

그래도 어둠의 골로만 永永이 가려나 대답하라.

• 「나에게 대답하라」(1936) 일부

이 작품은 그의 회고에 따르면 카프 해산파 및 전향자들에
대한 비판으로 쓴 것이다.[52] 1925년 치안유지법의 공포와
함께 일제가 대대적인 사상탄압에 나서자 카프 역시 1, 2차
검거를 거쳐 크게 약화되며 1935년에는 공식 해산을 선언하
게 된다. 일제의 전향정책은 단지 투옥, 블랙리스트 제도[53]
등 물리적 압박만으로 강요된 것이 아니라, '갱생'을 도와주
는 '부모와 같은 정책' 또한 병행되었다. 즉 사상범 보호관찰
법이다. 이 법에 따라 1937년 현재 경성보호관찰소의 관할
아래에 있는 서울의 전향자 150명 중에서 17명이 생활안정
을 얻었고, 학교 교원에 복직한 자가 6명, 관공청에 취직한
자가 31명이었다. 또한 무직자 86명에게는 생활보조금으로
하루 최저 40전을 지급하였다. 물론 자신이 일본 '국민'임
을, 천황의 '신민'임을 깨닫고 실천에 옮길 수 있도록 조선신
궁을 참배하고 시국강연을 들을 의무가 있었다.[54] 결국 투옥
이냐 최저 생계의 보장이냐의 선택이었다. 이렇게 탄압과 회

유를 동시에 병행했기에 카프 문인들을 비롯한 항일분자들의 대대적인 전향이 가능했던 것이다.

박세영의 저항의지는 이런 시대적 상황 속에서 제시되는 것이기에 더욱 주목할 만하다. "무심히도 대지 저 끝 하늘조차 어둬 가는" 1930년대 후반의 "모든 객관적 정세"에서도 그는 "이 땅의 뜻있는 사람으로 하여금 오히려 저력을 요청"[55]한다는 선언을 하며 절필과 망명이라는 선택을 하는 것이다. 일제암흑기를 "문제없다"로 일관한 시인다운 면모라고 하겠다.

하지만 이 시기 박세영은 투쟁의지를 다질 뿐 구체적인 투쟁방식과 '승리'의 전망을 찾아내지는 못하고 있다. 다음의 시 「산제비」에서 보이는 이미지의 파탄은 이러한 '엉거주춤'과도 관계되는 것이라 본다.

山제비야 날러라,
화살 같이 날러라,
구름을 휘정거리고 안개를 헤쳐라.

땅이 거북등 같이 갈러졌다,
날러라 너이들은 날러라,
그리하여 가난한 農民을 위하여

구름을 모아드는 못 올까,

날러라 빙빙 가로 세로 솟치고 내닫고,

구름을 꼬리에 달고 오라.

산제비야 날러라,

화살같이 날러라,

구름을 헤치고 안개를 헤쳐라.

• 「산제비」(1936) 일부

　물론 "하루 아침 하루 낮을 허덕이고 올라와" 산꼭대기에서 "천하를 내려다" 보면서 가뭄과 농민의 고통을 걱정하고 있기는 하다. 하지만 이 시가 산출된 1936년 무렵 농민들의 참상을 그저 "가난한 농민"이라고만 표현하고 마는 데서는 아무래도 불만을 느끼게 된다.

　산제비가 떼지어 나는 모습에서 가족이 뿔뿔이 헤어져 구걸하는 이농민의 참상을 대비시켰어야 했다거나, 산꼭대기가 아니라 논밭 한가운데나 화전(火田) 속에서 바라보는 시선을 가졌어야 했다는 식으로 시비를 거는 것은 아니다. 오히려 필자가 주목하는 부분은 작품 「산제비」 자체에서 드러나는 이미지의 파탄이다. '산제비'에게 "구름을 모아"오라면서, 곧이어 "꼬리에 날러라/구름을 헤치"라고 명령하고 있는 것이다.

구름이란 전통적으로 태양을 가리는, 제거되어야 할 장애물의 상징이었으니, 제법 오랫동안 한학을 배우고 한시를 통해 문학 창작을 시작한 박세영은 물론 그 상징에 익숙해 있었을 터이다. 하지만 이 시 속의 농부에게는 단비를 몰고 와야 할 반가운 비구름이다. '산제비'는 박세영의 두 가지 명령 중에서 어떤 것을 따라야 할지 매우 난처한 지경에 빠지지 않았을까.

여기서 우리는 박세영이 지닌 생활감각이란 근본적으로 도회적인 것이었다는 점에 주목해야 한다. 이 시인에게 농사 걱정이란 그리 뿌리 깊은 것이라 하기 곤란하다. 그가 보여주는 가뭄에 대한 근심이란 그저 판에 박힌 인사말로 날씨를 입에 올리는 도회지 사람들의 생활감각과 언어감각에서 과연 얼마나 벗어나 있는 것일까. 가뭄에 목 타는 농부와 비슷한 생활감각을 지니고 있었다면 꿈에라도 감히 비구름을 "헤쳐 버릴" 생각은 할 수 없을 것이다. 그렇기에 다소 비약이 없지 않은 대로 이렇게 짐작해볼 수 있다. 도회적 생활감각 속에 성장한 시인은 철이 들면서 책에서 얻은 지식에 의해 농부의 편에 서야 한다는 어떤 강박관념을 갖게 됐던 것은 아닐까. 시 전체의 흐름에서 돌발적으로 튀어나와 이미지를 파탄시키는 이 구절은 바로 그 강박관념에 의해 삽입된 것이라 볼 수는 없을까. 박세영을 '엉거주춤'으로 몰아가고 있는 것은, 이미 몸에 익은 생활감각과 책에서 얻은 낯선 관념의 기이한 공생상태 때문은 아닐까. 그래서 앞서 살핀 구름과 태양이라는 한시적 관습의 이미지는 도드라지게 되는 것이 아닐까.

이 작품을 창작하던 시기의 박세영이 보여주는 '승리에의 확신'은, 이론서를 통해 학습한 그러나 아직 몸에 익지는 않은 것이라 하겠다. 일제가 승승장구하던 식민 말기 국내에 머물던 문인이 '승리에의 전망'을 현실에서 발견한다는 일은 애당초 가능하지 않았을지도 모른다. 따라서 강철 같은 확신을 가지고 있는 듯 보이던 그에게 다음과 같은 감상주의의 공존을 발견하게 되는 것은 그리 놀라운 일이 못 된다.

> 눈 날리는 거리에는
> 여호목도리를 둘는 안악네들이 수없이 오고 가는데,
> 비단옷에 향그러운 꽃 같은 안악네들이 지나가는데,
> 어머니는 山村에서 뜻뜻이도 못닙으시고, "高麗葬"의 살림을 하시나이까,
> 가슴이 무여지고 서글프외다.
> 아! 山村의 어머니여!
> •「산촌의 어머니」(창작연대 미상) 마지막 연

'일흔이 넘으신 어머니'를 편히 모시지 못하는 아들로서 불효를 자탄하는 절절한 작품이다. 물론 자연스러운 감정이며 훌륭한 시적 소재이다. 문제는 '여우 목도리'에 대해 '어머니'가 가질 수 있음직한 부러움을 화자 자신이 그대로 답습하는 데만 그친다는 점이다. 이 작품에는 '어머니'를 비롯한 조선 민중이 겪고 있는 가난이 무엇 때문인지, 또 어떻게 해야 거기에서 벗어날 수 있는지에 대한 인식이 전혀 나타나 있지 않다. 그 결과 일제의 수탈이라는 사회적·경제적 문제를 개인적 효·불효의 문제로 단순화시켜 대응하는 것이다. 일제의 수탈 속에서 헐벗은 산촌의 가난을 대할 때 "가슴이 무여지고 서글프"기만 하다가 "이 땅의 가난한 어머니 들이여 불상하외다" 하는 탄식으로 끝나서야, '강철 같은 확신'과 좀처럼 어울리는 것이라고 보기 어렵다.

이 시기 박세영은 일제의 패망과 민중의 승리를 확신할 만한 사회과학적 지식과 세계관을 배워 지니고 있었다. 그러나 1930년대를 통틀어 일제는 침략전쟁에서 승승장구하고 있었다. 민족의 독립과 사회주의의 도래라는 전망과는 달리 일제의 승전보가 연이어 들려오는 불리한 상황에서 그는 동요하지 않을 수 없었을 것. 그 동요와 고민의 흔적이 이렇게 나타나는 것은 아닐까. '민중의 승리'를 말하면서도 막상 자신의 어머니를 '민중' 속에 포함시키지는 않는 현상은 이렇게 해석할 수 있지 않을까. 그렇다면 여기서 그의 관념성, 즉 어릴 때부터 몸에 익은 봉건적 도덕의식과 철이 들면서 학습한 사회과학적 지식 사이의 괴리가 드러난다. 그에게 사회과학적 지식이란 사회적·정치적 현실을 분석·비판하는 데는 즐겨 사용됐을지 몰라도 막상 자기 자신의 상황, 어머니의 가난이라는 문제로 옮겨지면 그다지 힘을 쓰지 못한다. 이론과 실천의 괴리. 학습한 지식이 관념에만 머물고 말았기 때문에 생기는 문제가 아닌가 싶다.

소시민성을 벗고자—농촌에서 활력을 얻다

박세영은 늘 자신의 소시민성을 괴로워했다. 속리산 등산하는 길에 있었던 일화 한 토막을 보자. 박세영이 주막에서 쉬고 있는데 자전거를 타고 오던 청년이 어린아이와 부딪친다. 아이의 이마에 상처가 나자 박세영은 갖고 다니던 '맨소래담'을 발라주고, "얼마 남지 않은 약을 도로 넣기도 뭣하고 해서" 아이 어머니에게 나중에 한 번 더 발라주라고 약통째로 아예 주었다. 아이 어머니는 고맙다고 인사하는데 옆에 있던 아낙은 "약장수가 마침맞게 왔게 말이지"하고 말한다. 호의를 베풀다가 약장수로 오인받은 박세영은 당황하면서 이렇게 대꾸했다고 한다.

나는 다소 체면이라도 유지하려는 듯이 『네, 약은 팔지 않습니다』하고 웃어버렸다. 이윽고 그곳을 떠나면서 문득 이런 생각이 났다. 나는 왜 변명을 했나? 약장수가 약을 거저 주었다면 차라리 행인이 주었다는 것보다 오히려 광범위의 의미로 약장수 전체에 대한 호의를 그들이 가질 것이 아닌가 하였다. 그러나 그 당장에 창피를 면하려고 이를 부정했댔자 무슨 큰 위엄이 있을까? 아마도 소시민성이란 이것일 것이다. 나는 늘 이 소시민성을 청산하려 애를 써도 가끔 범하고 만다.[56]

박세영은 약장수로 오인받자 당황하고 그렇지 않다고 변명한다. 그러고 나서는 곧 후회한다. 자신이 약장수로 인식된다면, 농민들이 약장수에 대해 호감을 갖게 될 것이며 이는 '프롤레타리아의 단결'을 위해 바람직한 일이 아니냐는 것이다. 하지만 그는 자신이 약장수로 오인받는 것을 부끄럽게 생각했으니 이는 소시민 근성이라고 자기비판을 가하는 것이다.

이것이 그가 말하는 대로 소시민성에 해당하는 것인지, 비판받아 마땅한 것인지 여부는 분명치 않다. 그러나 이 작은 삽화가 시사하는 바는 작지 않다. 이런 사건을 그냥 지나쳐 버리지 못하고 삽화로 만들어내고 또 공개하여 동지들과 함께 고민하고 싶어할 만큼, 프로 시인 박세영을 괴롭히던 것은 '소시민성'이었다는 점만은 분명해지는 것이다.

혹독한 빈궁 속에서도 교육을 받았고 또 문화부문에 종사한 탓에 세계를 인식하는 그의 인식 경로 역시 이중적이었다. 즉 가난이라는 절실한 생활체험에 의존하는 경로가 그 하나였다면, 지식층으로서 교양체험이라는 경로가 또 다른 하나였던 것이다. 이런 이중성 위에, 나중에 마르크시즘에 접하게 되면서는 자신이 가난하기는 하지만 노농계급은 아니라는 점에 대해 자괴감을 갖게 된다. 이 둘이 결합된 지점에서 박세영은 자신의 '소시민성'을 고민하게 되는 것이리라.

카프 문인으로서 그가 청산했어야 할 '소시민성', 또는 지식계급적 관념성이라면 예컨대 이런 것들을 들 수 있겠다. 즉 '여우 목도리'를 두른 여인을 보면서 어머니의 슬픔을 노래한 위의 시에서도 드러났던 사상과 생활감각의 불일치, 또한 앞으로 보게 될 한자 표기, 영어 표기 등에서 비롯되는 전달의 한계 등이다. '무산자를 위한 문학'을 하겠다고 꿈꾸면서도 막상 무산 독자층에게는 읽힐 수 없는 작품만을 써내는 자기모순을 불러오기 때문이다. 물론 뒤에 보듯이 그는 이 점을 비교적 명백하게 의식하면서 여러 가지 시도를 하지만, 그 시도는 철저하지 못했고 또한 스스로도 그 효과에 대해서는 의심스러워했다. 박세영이 아무리 성실한 사람이었어도,

몸에 밴 감각은 쉽게 청산되는 법이 아니니, 이는 어느 정도까지는 당연한 노릇이었다. 그가 농민 속으로 뛰어들어갔던 것은 바로 이런 고민의 결과였으리라.

농민들과 함께 생활하던 때 그들의 언어에 유의하여 적기도 하고 이를 외우는 것이 아니라 나도 사용해보는 방향에서 노력했다. 그러나 나의 언어를 다소나마 풍부케 해준 것은 삼사십 년 동안 같이 살아온 부모에게서 배운 것이 더욱 많았다. 그리고 나는 익숙하지 않은 말이라든지 처음 듣는 말은 반드시 그 뜻을 물어보고 적었다.[57]

그가 말하는 "농민들과 함께 생활하던 때"란 농민조합운동에 동참하던 시절을 말한다. 그는 『별나라』를 편집하면서 1928년부터 2, 3년 동안 "서울 시외의 은평면"에서 송영과 함께 빈농들을 위한 '사립학교 교원'(아마도 야학 성격이었을 것으로 추정한다)으로 일한다. 그래서 마을 농민들과 친숙하였고 농민조합 조직을 지도한 일도 있었다고 한다. 바로 이 과정에서 그들의 말을 배우고 외우고 실제로 써보려고 애를 썼다는 것이다.

그의 회고는 자신의 '출신 성분'을 떳떳치 않게 여기면서 그에서 벗어나려는 노력을 시도했음을 애써 밝히고 있다. 이 회고가 월북 이후에 쓴 것이고 보면 그런 언표는 당연하다고도 할 수 있지만, 식민지시기에도 이미 그는 그런 인식을 가졌던 것이 분명하다. 앞서 살펴본바 소시민성에 대한 반성은 그 좋은 보기이다. 또한 서울 인근이 고향임을 부정하면서 강경 체험을 강조했던 것, 농민조합운동에 관여했던 것 역시 이 노농계급에 대한 열패감과 관련된다고 할 것이다. 그는 도시에서 어린 시절의 대부분을 보냈고, 농사 경험은 전혀 없었다. 당시 조선은 농민이 80퍼센트인 상황이었으니, 카프 작가로서 자랑스럽지 못한 일이라는 인식은 이미 월북 이전부터 했음직한 노릇이다. 월북 이후 산출한 작품 중에서 우수한 작품들은 대체로 농촌 체험을 토대로 써낸 것들이라는 점도 이와 관련하여 주목할 만하다.

그러나 박세영의 이런 노력에도 불구하고 언어의 문제는 그의 작품에서 해결된 것은 아니다. 그가 부모의 말을 배우고 농민의 말을 써보려고 노력했다지만 막상 대부분의 작품 속에서 그 흔적은 매우 미미했다. 농민과 소통하고자 했던 카프 시인 박세영이 괴로워했던 대목이 무엇인지, 거기에서 벗어나기 위해 어떤 노력을 기울였으며 어느 정도 성과를 거뒀는지에 대해 살펴보기로 하자.

노농대중과의 의사소통―그 시도와 한계

널리 알다시피 카프는 문학이란 노동자·농민계급에 계급의식을 고취시키기 위한 선전·선동의 도구라고 간주했다. 그러나 카프 작가들이 생산한 작품들이 과연 얼마만큼 노동자·농민에게 실제로 읽혔으며 또 선전으로 기능했는지에 대해서는 긍정적으로 판단하기 어렵다. 물론 그들 나름대로는 대중화를 위해 노력했고, 2차 방향전환 이후는 좀더 문맹대중의 접근성이 좋은 장르라고 할 수 있는 연극·영화에도 관심을 보였으며, '노동통신운동'을 벌이는 등 나름대로 자신들이 내세운 목표의 실천을 위해 노력하긴 했지만, 막상 실제적 성과는 매우 미미했다 할 수밖에 없는 것이다.

박세영의 시집 『산제비』가 나오자 이기영·권환 등이 입을 모아 그의 시가 쉽다는 것을 무엇보다도 큰 장점으로 손꼽았던 것도 역시 이런 맥락에서였을 것이다.

무릇 시처럼 어렵다는 말이 있다. 그래 그런지는 모르나, 근일의 시들은 간혹 읽어보면 도대체 무슨 소리를 썼는지 모르겠다. 아무리 위대한 시상이라 할지라도 읽는 사람이 의미를 모르면 소용이 무엇이랴? 소금이 짜지 않은 것과 같다.

(……) 그런데 군의 시 『산제비』는 첫째로 알기가 쉽다.

가장 쉬운 말로 간결히 썼는데도 불구하고, 그것이 탈속(脫俗)하고 구체적으로 묘파되었다.[58]

권환 역시 "표현에 있어서 우리들 시의 가장 큰 금물인 한문 숙어의 나열이 없이 용어가 극히 평이하게 쓰여 있음"을 지적하고 있는데,[59] 어린 시절부터 한학에 익숙했던 박세영이 '한문 숙어의 나열'을 버린 것은 특히 주목할 만하다. 이기영과 권환의 이러한 지적은 물론 당대 다른 시인들과 비교했을 때라면 당연한 평가이다. 실제로 박세영은 '쉬운 시'를 위해서 많은 배려를 하고 있다. 우선 그의 작품은 거의 예외 없이 이야기를 가지고 있다. 굳이 단편서사시 이론을 끌어오지 않더라도 이야기가 있는 시는 그것이 없는 시보다 훨씬 폭넓은 독자에게 전달될 수 있고, 게다가 구체적 삶의 현장을 눈앞에 펼쳐 보임으로써 메시지를 강렬하게 전달할 수 있다.

그의 시가 대부분 대화체를 택하고 있다는 점 역시 '쉬운 시'를 위해 중요한 구실을 한다. 「북해와 매산」 같은 시는 아예 산과 바다가 말을 주고받는 형식을 택하고 있거니와 이렇게 명백하고 전면적인 대화체가 아니라 하더라도 거의 모든 작품에 '너', '너이', '당신', '그대' 등 2인칭 대명사가 등장해서 '나'와 결합해 '우리'라는 관계를 맺고 있다.

너와 나, 또 수많은 동무들이,

삶의 뜻을 알려고 어린 시절을 보낸지도 여러해,

하늘 같이 높던 그 理想은 다 꺼지고 말었다.

(……)

人類를 사랑하자던 마음은

나만 알자로 되여버리고,

社會를 위하여 이 몸을 바치자던 생각은 나의 享樂만을
꾀하게 되야

(……)

아즉도 앞이 시퍼런 靑春 너는

어둠의 桎梏에서 勇敢히 뛰어 나오라,

실낱같은 誘惑에서 빼쳐 나오라.

恥辱의 十年이 떳떳한 하루만 못하고,

享樂의 百年이 眞理의 하루만 무에 낫겠니, 아하 너는 對
答하라.

그래도 어둠의 골로만 永永이 가려나 對答하라.

• 「나에게 대답하라」 일부

어린 시절 '너'와 '나'는 '우리'였다. 이제 "영리한 너는 가장 어리석은 자'가 되어버리고 '나'는 '너'에게 "실낱 같은 유혹에서 빼쳐" 나와 다시 '우리'가 되자고 권하고 있다. 아마도 전향하는 동지들에 대한 호소일 것일 터이거니와, 이런 조사법을 통해 박세영의 시를 읽는 독자는 '너'가 되어 시인 앞에 앉아 있게 된다. 독자와 시인이 대화를 나누는 듯한 이 친밀한 공간이야말로 박세영 시가 지니는 미덕이며 당대 평론가들로 하여금 '쉬운 시'라는 평가를 내리게 만든 주요한 힘일 것이다.

하지만 이런 미덕들에도 불구하고 그의 시가 "가장 쉬운 말로 간결히" 쓰인 시라는 이기영의 판단은 성급했다. 박세영은 그의 시를 이기영 같은 인텔리 계급의 소설가에게가 아니라 당대의 노동자·농민계급에게 전달하고자 했기 때문이다. 박세영의 시가 노농계급 독자에게 전달될 수 없는 까닭으로는 다음 네 가지를 들 수 있다.

첫째, 당대 노농계층이 얼마나 극심한 가난에 시달렸는지를 살펴야 한다. 1938년 5월 23일 출판된 그의 시집 『산제비』는 정가 1원 30전을 붙이고 있다. 그 액수는 어느 정도의 가치를 지녔던 것인가. 『산제비』와 거의 비슷한 시기에 발표된 김유정의 「소낙비」(1935)에서 '춘호 처'가 '이주사'에게 몸을 팔고 받는 돈이 2원으로 설정되어 있음만 떠올려보더라도 쉽게 짐작할 수 있다. 상업적 출판유통의 수단에 의존하여 시집을 펴낸다면 당대의 노농계층 독자들은 전혀 사볼 수가 없었던 것이다. 그렇다면 그가 선택한 수단은 매우 비효율적인 것이 된다. 그저 서구 유입종의 장르와 역시 서구 유입의 상업적 도서출판·유통방식만을 고수하는 한 이 문제는 전혀 해결될 가능성이 없는 일이었다.

둘째, 당대 노동자·농민들의 높은 문맹률이다. 당시 조선인의 취학연령 인구 중 실제로 초등교육기관에 다니는 비율은 19.1퍼센트에 그쳤다.[60] 또 다른 문헌에 따르면 당시 토목노동자 중 자기 이름조차 쓸 줄 모르는 완전 문맹이 50퍼센트를 넘었다고 한다. 이기영이 읽기에 쉬운 시라고 해서 당대의 문맹 노동계층에까지 '쉬울' 수는 없었던 것이다.

물론 궁핍과 높은 문맹률이 노농계층에 대한 전달가능성을 완벽하게 차단한다고 보기는 어렵다. 당시는 구비문학의 전통이 상당부분 남아 있어서 '얘기책'을 사랑방에서 낭독하고 듣던 전달의 방식이 작동할 수 있을 것이기 때문이다. 그러고 보면 박세영의 시는 비교적 시각보다는 청각에 의존하고 있으며, 앞에서 살핀 대로 대화체 문장 속에 이야기를 담고 있다. 또한 '슈프레히 콜' 양식으로 「황포 강반」(1932), 「橋」(1935) 등을 창작하기도 했다. 슈프레히 콜이란 파업 등 노동쟁의 현장에서 낭송하여 투쟁의지를 높이는 짧은 현장 낭송시이므로, 문맹과 적빈의 노농계층에게 전달될 수 있는

가능성이 높은 것이었다. 그러나 슈프레히 콜을 제외한 작품들은 이런 전달가능성을 꽤 약화시킨다. 특히 외래어나 외국어가 너무 많고 한자 표기 역시 남발되고 있어 그러하다. 그것들이 셋째, 넷째 이유가 된다. 앞의 두 요인이 당대 문학장(文學場)의 문제라면 뒤의 두 요인은 문학작품과 좀더 직접적인 관련을 맺고 있으므로 자세히 살펴보기로 하자.

셋째, 그의 시에는 외래어가 꽤 많이 쓰이고 있는바, 이 역시 낭독할 인력을 제한하며 또한 낭송된다 하더라도 그 뜻이 청중에게 전달될 가능성이 매우 낮아진다. 더군다나 꼭 써야 하는 외국어(낯선 관념)인지 의심스러운 경우가 많다는 점이 문제이다. 시집 『산제비』에 쓰인 외국어는 다음과 같다.

용감한 병사 짜-덴, 네온, 헬멧트, 빠리켙(이상 「화문보로 가린 이층」), 하랄의 용사, 독개스(「하랄의 勇士」), 로화(「悲歌」), 쿨리, 모델, 모스크바(「화원이 보이는 이층집」), 폼페이市, 베세비어스山(「북해와 매산」), 턴넬(「명효릉」), 나일江, 라인河, 로-레라이(「沈香江」), 동키호-테, 미쟈, 로보트, 포스타(「自畵像」), 캠버스, 세산누(「畵家」), WIN(「오후의 마천령」)

38편이 실린 시집에 모두 23개의 외국어가 쓰였다. 위의 외국어 중에서 '쿨리', '턴넬' 등은 노동자계층 사이에도 널리 쓰였을 가능성은 없지 않다. 또한 '하랄의 용사' 같은 것은 널리 알려지지 못한 외국 지명이긴 하지만, 검열을 우회하기 위해 어쩔 수 없던 것으로 보아야 할 것이다(다음 절에 좀더 자세히 살핀다). 하지만 나머지 대부분은 노농대중들에게는 전혀 낯선 서양말이었을 것이다. 특히 서양문화 속에서 일정한 상징으로 굳어진 외국어의 경우(로-레라이, 동키호-테, 폼페이市, 베세비어스山 등)는 거의 이해될 수 없었을 것이다.

1936년 2월에 발표한 시「오후의 마천령」은, '고난→투쟁→승리'라는 그의 역사의식에도 불구하고 작품들이 어째서 제대로 전달될 수 없는가를 잘 보여주는 작품이다.

장마물에 파진 골자기,
토막토막 떨어진 길을, 나는 홀로 걸어서
屛風같이 둘린 높은 山아래로 갑니다.
해 질낭이 멀었건만,
벌서 灰色의 장막이 둘러집니다.

나의 가는 길은 조그만 山기슭에 숨어버리고,
멀리 山아래 말에선 연기만 피여 오를 때,

나는 저 摩天嶺을 넘어야 됩니다.

나는 생각합니다. 저 山을 넘다니,

山을 싸고 도는 길이 있으면, 百里라도 돌고싶습니다.

나는 다만 터진 北쪽을 바라보나,

길은 그여이 山 위로 뻗어 올라 갔습니다.

(……)

나는 摩天嶺위에서 나의 올르던 길을 바라봅니다.

이리 꼬불, 저리 꼬불, W字, I字, 혹은 N字,

이리하여 나는 勝利의 길, WIN字를 그리며 왔습니다.

　•「오후의 마천령」(1936) 일부

　'나는', '나의' 등 단어가 지나치게 자주 반복된다든가 결말 부분의 긴장이 약하다든가 하는 결점도 있긴 하지만, 이런 결함들을 애써 외면하고 싶도록 만드는 미덕이 있다. 수세적 국면을 맞이해서도 승리에의 확신을 명확하게 표명하고 있는데다가 그 확신이 비교적 적절한 형상물로 구체화되어 있다는 점이다. 특히 정상에 서서 꼬불꼬불한 산길을 바라보며 그것을 'WIN'으로 읽어내는 구절은 시인의 굳센 신념과 상상력이 결합하여 빛난다.

　하지만 그 구절이 빛난다고 느낄 수 있는 것은 그와 비슷한 수준의 상식과 세계관을 지니고 있는 독자에게만 그렇다.

'WIN'이라는 꼬부랑글자가 '승리'를 뜻하는 영문자라는 지식을 갖고 있는 독자에게만 전달될 수 있으며, 역사의 발전은 필연코 일제의 패망— '우리'의 승리를 가져오리라는 확신을 박세영과 이미 공유하고 있는 독자에게만 설득력이 생긴다. 영문은커녕 한글조차 제대로 깨우치지 못한 당대의 다수 민중에게 이 구절은 전달될 수 없었다. 더군다나 한자투성이의 표기에 의해 의사소통은 더더욱 방해되었을 터이다.

이 시의 전달가능성을 차단하는 것은 한자 표기나 알파벳의 사용만이 아니다. 또 하나의 중요한 이유는 이 작품에서 보듯이 그의 승리에의 확인이 결국은 관념일 뿐이라는 것이다. 마천령의 고갯길을 박세영은 'WIN'으로 읽었지만, 정반대로 'LOSE'로도 못 읽을 까닭이 없다. 이 구절이 성립하는 것은 오직 꼬불꼬불한 고갯길과 알파벳 필기체의 시각적 유사성 때문이다. 다시 말해서 고갯길과 'WIN'의 연결은 그 자체만으로는 말장난(pun)이나 위트(wit)이며, 우연한 시각적 동일성에 의존하고 있을 뿐이다. 'WIN'으로 읽는 것이 좀더 설득력을 얻기 위해서는 작품의 다른 부분들에서 그 개연성을 확보해야 하며, 그 개연성은 관념에 의한 주장의 강렬성에 의존하는 것이 아니라 생활체험에서 비롯된다. 그러나 이 시기 국내에서의 항일투쟁은 문화투쟁조차 이미 불가능한 단계에 있었고, 현실 속에서 박세영은 '승리'에의 전망을 찾아낼 수도, 설득력 있게 제시할 수도 없었다.

한편 영어를 알고 문학적 어법을 아는 지식계층 중에서도 일제의 대동아공영권 논리에 미혹돼 있던 다수에게라면 박세영이 보여주는 'WIN'에의 확신은 공허할 뿐이다. 결국 이 구절은 빛나는 은유로서의 가치는 인정할 수 있으되, 그 의미를 공유할 수 있던 사람은 극소수에 불과할 것이다. 몇몇 카프 비해산파 동지들끼리 결의를 다지는 수양록에 불과하거나 산뜻한 은유에 지나지 않는다. 물론 당시에 존재했던 검열을 염두에 넣으면, 이 같은 문제는 적지 않게 이해할 수도 있는 대목이겠다. 또한 현실에서 전혀 '승리'의 전망이 보이지 않는 속에서라면 어쩔 수 없이 관념에 의존할 수밖에 없었다고도 설명할 수 있겠다. 그러나 백 걸음 물러나 생각하더라도 최소한 표기의 문제는 남는다. 현실 속에서 전망을 보여줄 수 없어 시각적 동일성에나 의존해야 하는 상황일지라도, 한낱 알파벳 필기체의 이미지에 의존할 만큼 의사소통의 가능성에 대한 소홀함만은 지적되어야 할 것이다.

넷째, 한자 표기가 너무 많다는 점이다. 한글만을 해독할 수 있는 계층에 대한 장애 때문이다. 한자로 표기할 수 있는 말이라면 거의 예외없이 한자를 쓰는가 하면 '꽃무늬 보'가 '花紋褓' 또는 '꽃紋의 褓'로 표기되고 심지어는 '성나다'라는 순우리말까지도 '性난 이리'(「오후의 마천령」)로 적고 있다. 수필 「초하에는 스틱을 끌고」는 좀더 심한 경우이다. 박세영은 이 수필에서 "松下問童子 言師采藥去 只在此山中 雲深不知處"라는, 당나라 때 시인 가도(賈島)의 시 「심은자불우」(尋隱者不遇)를 인용한다. 그러나 한시를 한자 표기로 나열할 뿐이고 한글 해석은 빠져 있다. 전달가능성에 대한 고려가 전혀 없는 것이다. 한자 표기만으로 이 한시를 이해할 만한 독자가 당대 현실 속에 과연 몇 명이나 되었을까. 「오후의 마천령」에서 'WIN'이라는 영문 표기를 고집했던 것과 같은 차원의 문제이다. 물론 신교육을 받으면서도 서당을 고집했던 그로서는 이런 한학적 자산에 의존하는 일은 자연스러운 일이었으리라. '한문 숙어의 나열'에서 벗어난 것만 해도 대중과의 소통을 위해 노력한 흔적이라고 볼 수 있다. 그러나 늘 전달의 가능성을 고민하면서도 박세영은 아직까지 '소수에 독점되는 지식'이라는 한학의 부정적 유산에서 충분히 자유롭지는 못했다고 보아야 할 것이다.

그의 대표작 「산제비」에서 보여주었던 이미지의 파탄이 전통 한문학의 이미지를 답습한 데서 비롯함을, 또한 「산골어머니」에서 역시 전통적인 효의 관념이 과학적 인식과 충돌하고 있음을 보았다. 앞서 살폈듯이 그는 선비의 아들로 태어나 상당기간 한문학을 지속적으로 배웠다. 신학문을 접하기 시작한 뒤에도 계속 다닌 서당에서 한시를 통해 문학을 접했으며, 그가 존경했던 배재고보의 작문 교사 강매 역시 한문학에 소양이 있는 분이었다. 그의 작품에서 발견되는 한문학적 발상법이나 빈번한 한자 표기는 이런 과정을 통하여 길러진 한학적 소양의 영향이라고 볼 수 있다.

물론 한학적 소양은 전달가능성의 약화라는 부정적 측면만 있는 것은 아니다. 앞서 살핀 대로 식민지적 근대에 대한 체질적 거부감을 형성해주었을 터이며, 그가 끝까지 전향을 거부한 것에는 유교의 실천윤리의 영향도 적지 않게 작용했으리라는 추측도 가능하다. 형식적 측면에서도 그가 시의 운율을 중시하면서 정형성이 강한 작품들을 써냈던 것은 한시적 정형성과 관련될 터이며, 시인으로서뿐만 아니라 작사자로서도 활발한 활동을 보인 것 또한 묵독보다는 낭송을 통해 향유되던 한시의 영향과 관련될 터이다. 게다가 한자를 너무 많이 씀으로써 전달가능성이 약화되는 현상은 수천 년 사용해오던 한자의 중압에서 채 벗어나지 못했던, 또 식민치하에 한글 교육을 제대로 받지 못했던 당대 문인 대부분에게 해당되는 사안이기도 하다. 권환이 "우리들 시의 가장 큰 금물"로 "한문 숙어의 나열"을 지적하고 있음만 보더라도 이 같은 사정은 짐작할 수 있다. 하지만 이 모든 유보에도 불구하고, 소위 '예술을 위한 예술'을 주창했던 문인들이 이러한 전달가능성의 한계에 대해서 일정 부분 면책받을 수 있는 것과 정반대의 의미에서, 카프 시인 박세영에게는 좀더 심각한 결함이라고 판단해야 할 것이다.

지금까지 박세영의 시가 당대 노농대중에게 실제로는 전달되기 어려웠던 까닭을 네 가지로 나누어 살펴보았다. 이 항목들은 비단 박세영뿐만 아니라 카프 문인들에 대체로 해당되는 자기모순이었다. 오히려 박세영의 작품이 그래도 쉬운 편이라는 이기영과 권환의 회고에 더 주목해야 할는지도 모른다. 그렇다면 지금까지 논의한 한계에도 불구하고, 박세영의 작품은 적지 않은 의미를 지닌다고 할 수 있다. 실제로 어떤 효과를 가져왔는지, 그가 전달하고자 했던 노농계층에게까지 얼마나 전달되었는지와 상관없이, 그 노력이 지속적이었다는 점, 당대의 기준으로는 비교적 전달의 가능성이 높은 편이었다는 점만은 평가할 수 있기 때문이다.

노농대중에게 다가서려는 그의 노력은 '묵독하는 시'뿐 아니라 '낭송하는 시', '노래하는 시'에 적지 않은 관심을 보이고 있었다는 점에서도 확인된다. 앞서 살핀 대로 그는 대화체를 시도했고, 시각보다는 청각에 의존하여 리듬감을 살리려 했다. 특히 노래에 대해서 많은 관심을 보였다는 점도 이와 관련해 기억해둘 만하다. 『별나라』 주최로 동요대회를 수차례 개최했으며,[61] 동시극 「소병정」을 창작했다. 민요를 창작하기도 했으며 그의 시 「로화」에는 곡이 붙여져 널리 노래로 불리었다는 엄호석의 증언도 같은 맥락에서 참고가 된다. 북한 애국가를 작사하게 되는 것 역시 이렇게 해방 전부터 작사에 관심을 가졌기 때문이기도 할 것이다. 이렇게 노래에 의존한다면 물론 문맹대중에 대한 전달가능성은 매우 높아질 것이다. 하지만 이에 대해서는 자료가 많지 않은 현재로서는 무어라 말하기 어렵다.

'묵독하는 문학'으로 한정하더라도, 일제의 탄압이라는 외부적 조건에 의해 시집 출간 이후의 활동이 중단되지 않았더라면, 박세영은 뭔가 출구를 찾아내지 않았을까. 실제로 시집 『산제비』에 수록된 시들은 최초 발표지면의 그것에 비한다면 훨씬 우리말 맞춤법에 가깝고 한자 표기도 조금은 줄었으며 시행도 다듬어놓았다. 물론 이 시집의 '한글 교정'을 맡았던 김병제(金炳濟)의 손질인 듯하지만[62] 박세영의 동의 아래 이뤄졌을 것이며, 또한 박세영 스스로 가다듬은 것도 없지 않을 터이다.

박세영은 간결성을 추구하며 대화체를 도입하고 노래에 관심을 갖는 등 당대 노농대중에 대한 접근을 위해 노력한 흔적이 역력하다. 이 정도만으로도 당대의 문인들에게 쉬운 시라고 널리 인정받았다. 하지만 높은 문맹률과 심각한 생활고에 빠져 있던 당대 민중에게 상업출판에 의존하는 문자문학이란 전달가능성이 매우 낮을 수밖에 없었으니, 목표 독자층에게 널리 읽히지 못한다는 카프 문학의 딜레마에서 박세영도 자유롭지 못했다. 더군다나 한자어나 외래어가 지나치게 많은 탓에 전달의 가능성은 더욱 위축되었다.

그가 '뛰어듦'의 체험을 가졌더라도 이런 식으로 전달가능성을 스스로 축소했을 것인가 하는 의문을 품게 하는 대목이다. 예컨대 그가 은평농민조합에서 농민운동을 함께 했던 경험——그 결과 시 「타적」(打積, '타작'[打作]의 의미임)을 쓸 수 있었다——같은 것이 좀더 지속되었더라면, 노농통신운동이나 지방 이동극단운동 등에 좀더 적극적으로 뛰어들었더라면, 상황은 어떻게 되었을까. 노농대중을 직접 대면한 상태에서 그들에게 자신의 묵독용 시가 제대로 전달되지 않는 좌절을 충분히 겪었다면 사정은 많이 달라졌으리라. 그러나 그는 다른 카프 집행부와 마찬가지로 서울에만 주로 머물면서 잡지 발간에 주력했을 뿐이다. 현장과는 유리된 중앙에서, 더군다나 상업적 출판유통 시스템에만 의존함으로써 수용자들과는 유리된 채, '합법적' 문자 텍스트의 저자로서만 살아간 것이다. 그가 문학행위를 하면서 늘 전달가능성에 대해 고민했지만, 실제적 대안을 만들어내는 데 성공하지 못한 것은 주로 이 때문이라고 판단하게 된다.

식민지 검열과 그 우회—'쓸 수 있었던 것'으로서의 문학

현재와는 시대가 멀리 떨어진 시점에 창작된 작품을 읽을 때는 그 시대적 맥락에 주의해야 할 필요가 있다. 특히 식민 시대의 경우 그 당위성은 더 극대화된다. 당대에 발표되는 모든 문학은 검열을 받아야 했기 때문이다. 검열이 존재할 경우 작가는 그 우회를 위해서 여러 전략을 동원하는데, 그 우회전략이란 발신자와 수신자 사이의 은밀한 코드에 의존할 수밖에 없었다. 그러므로 여러 가지로 빗대어 말하는 방법들이 사용되었던바, 그 방법들은 당대의 독자들에게는 효과적일 수 있겠지만, 후대의 독자들로서는 그 우회를 짐작하기 어렵다. 따라서 당대의 상황을 염두에 두지 않고서는 작품의 의미를 온전히 파악하기 어렵다.[63] 식민지시기 문학을 비롯한 모든 출판물들을 그저 '쓴 것'으로만 인식하여서는 곤란하며, '쓰고자 했던 것'이 '쓸 수 없던 것'과의 다양한 절충과정을 거쳐 산출된 것으로 보아야 한다. 즉 '쓸 수 있었던 것'으로서 읽어야 한다는 것이다.

검열을 우회하기 위해 동원한 기법들은 시간적 우회와 공간적 우회로 크게 나눌 수 있는바, 박세영의 경우 이 둘을 모두 사용한다. 먼저 시간적 우회를 살펴보자. 시집 『산제비』에는 작품마다 날짜(창작 또는 발표)가 기록되어 있는데 그것이 모두 '丙子 盛夏', '丁卯 一月' 등 육십갑자로 표기된다. 이는 일제가 서력기원을 금지하고 '명치·대정·소화' 등 일본 연호를 쓰도록 강제하자,[64] 차마 '소화'로 적을 수 없으므로 육갑 연호를 쓴 것이다. 소극적인 방식으로나마 일제의 금압을 피해나가려는 노력의 일환이었다. 이런 검열이라는 맥락에 대한 지식이 없다면 우리는 이 육갑 연호 표기의 의미를 이해할 수 없다. 아무런 주의를 기울이지 않거나, 자칫하면 박세영의 한학적 소양과 연결지어 생각하기 쉬운 것이다.

박세영의 경우 검열우회 전략은 공간적 우회에서 좀더 실감나게 확인할 수 있다. 예컨대 「하랄의 용사」이다. '하랄'은 요즘 웬만한 독자에게는 낯선 단어이지만, 1935~36년경 신문의 해외면의 대부분을 차지하던 에티오피아의 한 지방이다. 무솔리니의 불법침공을 받은 에티오피아는 셀라시에 황제나 하랄 주지사 등이 직접 군을 지휘하여 맞섰으나 군사력의 현저한 차이 때문에 패퇴하였다. 그러자 험준한 산악을 이용한 게릴라전을 지속하였는데, 그 최대 격전지 중의 한 곳이 바로 하랄이다. 당시 신문의 제목 몇 줄만 보더라도 이같은 급박한 사정은 쉽게 알 수 있다.

산악지대로 유인 이군 격격(伊軍邀擊)을 계획
「에치오피아」군 5만 「하랄」 북방에[65]

「하랄」(동부) 전선 「에」군 필사의 방비진 최대의 격전 연출?

이군(伊軍) 철도연선 절단을 계획

「지지가」에 양군(兩軍) 주력 집결[66]

이 작품이 에티오피아를 소재로 삼았던 까닭은 단순히 세계공화주의적 정의감에서만은 아니었다. 일본의 조선 강제합병을 우회적으로 비판하기 위함이었으며, 또한 일본이 이탈리아·독일과 동맹을 맺기(1940) 이전의 작품이었으므로 검열을 통과할 수 있었을 터이다. 박세영 스스로도 에티오피아는 조선의 환유에 가까운 것이었다고 회고한다. "물론 작품의 주제는 외래 침략자를 반대해 손에 무장을 들고 싸우는 '에치오피아'의 한 소년을 취급한 것이나 나는 김일성 원수 항일유격대를 염두에 두고 쓴 작품"[67]이었다는 것이다. 일본과 조선의 관계를 직접 말할 수 없는 만큼 무솔리니의 침략을 받아 1936년 점령당했다가 1941년 다시 독립한 에티오피아 사람들의 항쟁을 그려내는 방식으로 우회했다는 설명이다.

식민지시기 작품에 대해 작가가 해방 이후에 새로운 의미를 부여하는 것을 무조건 승인한다면 물론 순진한 판단에 불과하다. 그러나 이런 방식의 우회방식은 당시 일제의 검열을 회피하기 위해 문인들이나 언론에서 즐겨 사용하던 수법 중의 하나이며[68] 앞서 살핀 대로 박세영의 경우는 시간적 우회의 시도가 존재한다는 점으로 미루어볼 때 그의 회고는 신뢰할 만하다. 물론 이 우회방식도 곧 일제의 검열당국에 적발되어 금지당하게 되지만 당분간은 유용했으며, 신문에서는 이후에도 다양한 방식으로 또 지속적으로 활용하였다. 신문을 존치시키는 한, 검열당국도 외신보도 자체를 완전히 금지시킬 수는 없었기 때문이다. 물론 해외보도에 대해서도 이런저런 금지와 권장의 검열지침들이 있었지만, 항상 그 지침들을 우회하여 메시지를 전달할 수 있는 새 우회로를 만들어내곤 했던 것이다.

「화문보로 가린 이층」에 대해서 그는 신건설사사건(제2차 카프 사건)으로 체포된 동지들을 그리워하면서 쓴 작품이라고 말한다.[69] 작품 자체의 문맥만으로는 이 작품과 신건설사사건의 연결은 매우 어렵다. 그러나 작품 자체의 문맥만으로는 '이층 젊은이'를 달리 해독할 길이 없는 데 비해, 박세영의 술회대로 읽는다면 해독이 가능해진다는 점에서 그의 회고는 믿을 수 있다. 물론 신건설사사건을 특정하여 밝히거나 짐작이라도 할 수 있도록 표현했을 경우는 검열을 통과하지 못했을 것이 명백하므로 이런 식으로 쓸 수밖에 없었을 것이다.

차도 끊기고, 사람의 자취 없건만, 홀로 깨어 껌벅이는
담배광고

너 붉은 네온은 지난날과 같구나!

그러나 맞은편 이층 젊은이들의 소식은 모르리라.

나는 한밤중 이 길을 지날 때마다 한번씩 안 서곤 못 견
디겠구나.

• 「화문보로 가린 이층」(1934) 일부

시적 화자가 바라보고 있는 '이층'은 극단 '신건설'이 첫
공연작 「서부전선 이상 없다」를 연습하던 곳이다. 신건설사
는 카프 집행부가 총동원되다시피 하여 만든 극단이다. 그들
은 서울의 '본정 연예관'에서 레마르크의 반전(反戰) 작품
「서부전선 이상 없다」를 공연하는 데 주력했다. "이 공연은
소시민 관객들을 대상으로 해서 극예술연구회 계열의 인물
들까지 찬사를 보낼 정도의 화려한 무대장치를 갖추고 공연"
되었다고 한다.

이 신건설사 공연에 대해서는 당대에 비판적인 시각이 만
만치 않았다. 당시 카프 핵심부에서 벗어나 지방에서 독자적
으로 활동하던 지방 프로 극단들은 "소시민 관객들을 앞에
두고 화려한 무대"에서 공연하는 일에 대해서 회의를 보인
다. 프로 문예운동이 소시민 관객들을 주된 대상으로 삼는

일에 대한 비판이었다. 그들은 현장의 대중을 주된 관객으로 삼는 소인극 활성화와 전문연극단의 이동식 소형극장운동이야말로 조선 프로 연극 건설을 위한 2대 축이라고 주장하고 있었다. 하지만 중앙의 카프 집행부는 지방의 이런 주장에 대해 이렇다할 반응을 보이지 않은 채로 서울의 신건설사 공연에 주력했다.[70]

신건설사는 카프가 2차 방향전환 이후 문맹대중 등에 대한 선전의 가능성을 높이기 위해[71] 연극 · 영화 등 장르에 주력하면서 창립한 단체였다. 그러나 신건설사의 공연은 화려한 무대를 꾸미기로 하고 이를 위해 부담스러운 입장료를 받게 되어 결국 소시민 관객 위주로 진행되었으며, 이는 자신들이 연극을 새로운 주력 장르로 선정한 목적을 스스로 배반하는 일이었다. 그렇다면 "늘 소시민성에서 벗어나고자 노력"했던 박세영은 어떤 반응을 보였을까. 이 작품에서 박세영은 그저 신건설사 동지들에 대한 그리움으로 가득할 뿐이며, 다른 글에서도 이렇다할 언급을 찾기 힘드니 추정해볼 수밖에 없다.

그는 당시 연극운동에 대해 적지 않은 관심을 지니고 있었다. 아동극과 동시극을 창작하기도 했으며, 1933년 월간지 『연극영화』에도 원고를 발표했다. 또 평생지기 송영이 신건설사의 핵심이었으며, 박세영이 신건설사의 단원 김승일에게 추도시를 바치는 것[72]으로 미루어 신건설사에도 직·간접적으로 관여했을 터이다. 게다가 송영과 함께 카프 서기국의 책임자였으므로 카프의 새로운 핵심 사업인 연극운동에 대해서도 잘 알았을 터이며 또한 책임의 일부를 공유해야 할 처지에 있었다. 그런데도 신건설사 공연의 소시민 편향에 대해, 지방 소인극단의 신건설사 비판에 대해 박세영은 별 언급이 없다.

물론 필자가 그의 언급을 찾아내지 못했을 가능성도 있고, 고난을 겪은(신건설사 핵심부는 이 공연 직전에 체포되었다) 동지들에 대한 공개적 비판이란 그의 체질에 잘 맞지 않는 일이기도 하겠다.[73] 그러나 현재까지의 자료로 판단한다면, 박세영은 이 문제에 대해서 침묵했다고 볼 수밖에 없다. 그렇다면 그 침묵은 이해하기 어렵다. 카프가 새로운 방향으로 찾아낸 연극운동에서조차 소시민 관객만을 대상으로 삼는 잘못에 대해 둔감했거나 비판을 소홀히 한 셈이기 때문이다. 지역 현장의 비판에 대해 둔감했던 서울 중심주의라거나, 서구 유입종 장르에 대해 정당한 비판 없이 수용하였던 카프 조직 일반의 한계에서 박세영 역시 자유롭지 못했던 탓이라고 볼 수밖에 없다.

박세영이 효율적인 방책을 찾아내지는 못했을지라도, 자신의 문학이 막상 문맹의 노농대중 독자에게는 전달될 수 없는 현실에 대한 고민만은 매우 절실했던 것으로 보인다. 은 평면에서의 야학활동, 슈프레히 콜의 실험, 그리고 식민 말기에 절필한 이후 안정된 직장을 버리고 망명하였던 그의 행보는 이와 유관할 것이다.

삶의 투쟁에 대한 열패감—마흔에 망명하다

이렇게 문학 내·외적 요인에 의해 박세영의 시는 '민중에 대한 선전'으로서의 기능을 대부분 상실하게 된다. 특히 만주침공에 이어 중일전쟁·태평양전쟁으로 이어지는 전쟁기에 들어서면서 검열은 더욱 엄혹해지고 조선어 신문 잡지가 폐간되니 국내에서의 문화투쟁의 여지는 결정적으로 축소되었다. 그는 1930년대 중반부터 조선에서 사회주의자가 시를 무기로 삼는다는 것이 과연 얼마나 현명한 일인가 하는 깊은 회의를 보인다.

지나간 내 삶이란,
종이 쪽 한 장이면 다 쓰겠거널,
몇 짐의 原稿를 쓰려는 내 마음,
오늘은 來日, 來日은 모레, 빗진者와 같이
나는 때의 破産者다,
나는 다만 때를 좀먹은 자다.

• 「자화상」(1935) 첫 연

써낸 글은 몇 짐에 달하여도 막상 삶은 "종이 쪽 한 장"으로 충분할 뿐이다. 박세영은 "때의 파산자"이다. 그의 삶과 글이 반제·반봉건을 지향하고 있다고 보았을 때, 글에 의한 문화투쟁에서 장벽에 부딪힌 그가 삶의 투쟁, 즉 정치·경제 또는 무력투쟁에 대한 선망과 일종의 열패감을 느꼈으리라는 짐작이 가능해진다.

　　지나간 날, 그대와 나는 젊은 時節을 한 자리에서 보냈다.
　　그대는 雄辯家, 나는 無名詩人, 말없는 約束으로 둘은 헤지다.

　　젊은 雄辯家, 盧君! 그대는 壯하였다.
　　얼마 아니 배혼것이나마 民衆을 위하여 쏟았다.
　　그대의 몸에 괴롬이 닥쳐도 억세게도 숨김이 없었다.
　　토막 토막 들리는 消息이 바다를 건너와,
　　나는 그대가 元山에서 가난한 아이를 指導하는 것을 알었다.

　　그대의 한말이 떨어지면, 방이 天動을 하듯 울리고,

핏줄 슨 주먹을 번쩍 들면 地動을 하듯 하였드니라.

입을 버리면 내몸까지 들어갈듯, 빛나던 눈, 그 검은 얼굴에

火山 같이 熱情이든 그몸이 지금은 다 식고 말었고나.

• 「젊은 雄辯家」(1936) 일부

'삶'의 투쟁, 즉 빈민교육과 웅변을 선택한 동지에 대한 선망과 열패감이 잘 드러난 시이다. 물론 추도시라는 점을 감안해야겠지만, 그래서 먼저 작고한 동지에 대한 다소 과장어린 칭송이 섞였겠지만, 그것만으로는 "입을 버리면('벌리면'인 듯—인용자) 내몸까지 들어갈듯"이라는 생생한 느낌까지를 얻기는 힘들 터이다. '민중을 위한 시'를 쓰려 했지만 막상 민중에까지 가닿지 못했던 '글'의 투쟁에서 장벽을 느낀 그에게 '천둥/지동'하는 청중의 반응이란 무엇보다도 부러운 것이 아니었을까. 이렇게 본다면 '삶'의 투쟁 현장에 대한 박세영의 열패감과 선망은 어쩌면 당연하다고도 할 수 있겠다.

하랄의 勇士, 나 어린 少年兵이여!

나는 말른 北魚같은 네 팔뚝에 총이 걸친것을 본다.

네 몸에 걸친 해여진 옷자락
머리는 성기어 孤兒같은 네가
正規兵의 가르침을 받고 있구나.

나는 생각 한다.
너의 가슴의 뛰는 피와
어지러운 싸홈터를 옳음의 불길로 살르려는것을.

나 어린 少年兵이여!
사랑하는 어버이를 떼치고,
戰場에로 가는 하랄의 勇士여!
알지도 못하는 네 조그만 목숨을 위하여
나는 한갓 뜨거운 눈물이 핑 돌았다.

　그러나 네 머리우론(머리 위론－인용자) 독수리 떼가
나르고
　네 앞으론 독까스의 바람이 미칠듯 일더라도,
　익임(이김－인용자)이여 있거라,
　굽힘이여 없거라,
　나 어린 하랄의 勇士여!
　•「하랄의 용사」(1936) 전문

전장에 뛰어들어 "옳음의 불길로 살르려는" 소년병의 '삶의 투쟁'에 비해 박세영은 그저 "한갓 뜨거운 눈물"을 흘릴 뿐이다. 조선의 어린이들을 계몽의 대상으로 삼았던 그로서는, 소년병으로 나선 에티오피아의 어린이들을 보면서 더욱 큰 충격을 받았을 것이다. 어머니의 가난을 불효라는 문제로만 치환시켜버리던(「산골의 어머니」) 박세영과, "사랑하는 어버이를 떼치고" 총을 잡는 '하랄의 용사' 사이에는 실로 커다란 거리가 느껴진다. 박세영이 월북 이후에 회고하는 대로 이 작품이, 김일성의 항일투쟁을 염두에 두고 검열 때문에 에티오피아 게릴라의 모습을 빌려 쓴 것이라면, 그런 열패감은 더 심각해진다. 머나먼 외국 에티오피아의 이야기가 아니라 조국의 해방을 위해 총칼을 잡은 '조선사람'들의 문제가 되기 때문이다.

앞서 살폈듯이 글과 삶 모두에 보기 드물 만한 성실성과 정열로 일관했던[74] 박세영이고 보면 그 거리와 열패감만큼이나 커다란 각성을 갖게 되었으리라. 더군다나 1930년대에 들어서면서 일제의 검열은 더 혹독해지고 조선어 말살정책까지 시작된다. 카프는 해산되고 동지들은 속속 전향했으며 『별나라』도 폐간된다. 더 이상 '글'의 투쟁은 물리적으로 불가능해지게 된다.

나의 젊은 애야 가거라,

北國의 하늘이 너를 기다리고,

매운 바람이 너를 기다린다.

오 ― 그리하여 너는 그곳에서 참 삶을 찾으리라.

　•「다시 또 가는가」(1936) 마지막 연

　그리하여 박세영은 절필에 들어간다. 그 이후 박세영에게 '참 삶'이 가능해지는 곳은 '북국'이다. "매운 바람이 기다리"는, '삶'의 투쟁이 가능해지는 곳이다. 그런데 그 '북국'은 한반도 지도를 볼 때 위쪽에 있다는 점도 의미 있어 보인다.

　높이의 대조가 드러나는 작품의 경우 거의 대부분 박세영의 시적 화자는 아래를 내려다보기를 즐긴다. 앞에 살핀 시 「오후의 마천령」은 그 대표적인 예이거니와, 박세영은 "산상에도 상상봉/더 오를 수 없는 곳"에 있는 '산제비'의 눈을 빌려 세상을 내려다보길 좋아하며(「산제비」), 그에 있어서 '이상'은 "하늘 같이 높"다(「나에게 대답하라」). 「화문보로 가린 이층」에서도 투옥된 동지의 집은 이층에 있으며, 박세영과 강력하게 동일시되는 시적 화자는 "부상병같이 다리를 끌며" 위를 올려 본다. 높은 곳은 그에게 도달해야 할 목표이며, 고난이 있기에 값진 길이다.

　이처럼 박세영에게 '높은 곳'이란 이상의 상징이다. 물론 간도 또는 만주가 한반도 지도에서 시각적으로 '위쪽'에 위치한다는 점에서 '북국'이지만, 이는 '높은 곳', 이상과 동일시될 수 있는 것이다. 북국, 간도 또는 만주. 그곳은 독립투쟁의 주요 본거지였다. 식민지 한반도에서 '글'의 투쟁마저 불가능해지자 박세영은 마침내 붓을 꺾고 '높은 곳'으로, '참 삶'을 찾아 떠나게 된다. 그곳에서 「젊은 웅변가」의 길(문화·교육투쟁)을 걸었는지, 아니면 「하랄의 용사」의 길(무력투쟁)을 택했는지에 대해서는 아직 확인할 길이 없다. 물론 1940년 무렵의 간도 또는 만주는 이미 무력투쟁의 기지로서 기능을 거의 상실한 단계였으며, 따라서 박세영은 문화투쟁에 나섰을 가능성이 높긴 하다.

무력투쟁이건 문화투쟁이건 그 자체가 중요한 것은 아니겠다. 박세영의 열패감에도 불구하고 무력투쟁이 그 자체로 문화투쟁보다 높은 가치를 지닌 것은 아니므로. 단지 식민치하에서 문화투쟁이 스스로에게 좀더 잘 어울리는 일이기 때문에 문화투쟁을 택했다면, 그것이 불가능해지는 단계에 이를 때 국내를 버리고 망명을 택한다는 점이야말로 주목할 대목이다. 마흔 살을 바라보는 나이에 박세영은 비교적 안정된 직장과 문단에서의 만만치 않은 지위를 보장해줄 수도 있었던 국내투쟁을 버리고 망명한다. 그랬을 때 그의 투쟁은 문화투쟁이건 무력투쟁이건, '삶'과 유리되지 않은 투쟁이 되었으리라.

　박세영의 식민시기 삶은 가난으로 점철되었다. 1938년 이후 잠시 모교 배재고보에서 교편을 잡을 때를 제외하고는 궁핍은 늘 그를 따라다녔다. 하지만 그는 늘 "문제없다"를 외치면서 끝까지 투쟁의지를 불태웠다. 오랜 궁핍 끝에 그나마 안정된 직장을 잡았지만 해방 직전에는 간도 또는 만주로 망명해서 독립투쟁에 투신한다.

　1935년 카프가 해산되고 곧이어 『별나라』가 폐간되어 활동무대가 급속히 축소되자 그는 시작을 접고 모교인 배재고보에서 시무로 근무하는 한편 1938년에는 시집 『산제비』를 발간한다. 시집 발행 이후에는 절필 상태에 있다가 사직하고 1942~43년 무렵엔 간도 또는 만주지방으로 건너가 지하운동을 전개한다. 이번의 만주행은 1922년 유학을 위해 중국으로 갔을 때와는 사정이 많이 달랐다. 국내에서 이미 사회주의권과의 연계가 있었으니, 망명 이전에 일정한 계획을 지닌 상태에서 만주로 건너갔을 것이다. 제법 안정된 생활을 보장해줄 수 있는 직장을 그만두고 망명하는 것이니 그만한 준비는 했을 터이다. 망명 뒤에는 아마도 좌파 조직과 관련을 맺으면서 독립운동을 하였을 것이며 해방 직전에 체포되어 청진 감옥에서 해방을 맞는다. 그는 북한에서 프롤레타리아예술동맹 위원장을 맡아달라는 한재덕의 요청을

뿌리치고 서울로 내려간다.[75] 서울에서 12월 13일 조선문학동맹의 대회준비위원 12명 중 한 사람으로 동맹을 발족시켜 중앙집행위원, 시부와 아동문학부 집행위원으로 활동한다. 곧이어 12월 27일에는 경성의 조소(朝蘇)문화협회 발기인이 된다.[76]

　박세영은 남한에서 미군정이 실시되고 친일파가 세력을 유지하는가 하면 토지개혁마저 지지부진하게 되는 것을 보면서 남한에 대한 미련을 버리고 1946년 6월 월북한다. 아마도 "1946년 3월 5일 법령이 공포되어 불과 20일 만에 완료된" 북한에서의 토지개혁을 지켜보면서 결심을 굳힌 것이리라. 10개월 남짓의 짧은 서울 체류기간이었지만 남긴 작품들은 꽤 많은 편이며 그 작품들에서 그의 이러한 환희와 절망을 짐작할 수 있다. 해방의 기쁨을 노래한 「8월 15일」, 「독립만세」, 「되살리라 그날의 마음」, 일제 잔재 청산의 당위성을 역설하는 「民族反逆者」, 「山川에 묻노라」, 「너희들도 朝鮮사람이더냐」, 「서울의 俯瞰圖」, 「순아」, 새 시대에의 염원과 그를 위해 나아가는 노농계층에 대한 애정과 믿음을 드러내고 있는 「委員會에 가는 길」, 「날려라 붉은旗」 등이 그 보기이다. 일제하의 시집 『산제비』에는 실을 수 없었던 전투적 시편들을 주로 수록한 시집 『유화』를 1946년에 펴냈다. 『유화』는 『산제비』와 더불어 식민지시기 그의 문학을 짐작케 해줄 두 시집 중의 하나이고, 특히 이 시기 검열에 의해서 왜곡된 문학 텍스트들을 바로잡는 작업에 중요한 기여를 할 수 있을 텐데 현재는 남아 있지 않다.

체제내 시인으로 살다
—월북 이후

 월북 직후에는 토지개혁 현장을 다룬 작품들을 집중적으로 써내는 한편, 김일성을 찬양하는 『밀림의 역사』(1962), 『보천보의 횃불』(1962) 등을 펴낸다. 한국전쟁기에는 종군하면서 작품들을 썼고 전후 복구기에도 수많은 작품들을 산출했다. 월북 이후 2천여 편의 작품을 썼고, 『진리』(1946), 『승리의 나팔』(1953), 『박세영시선집』(1956), 『나의 조국』(1958) 등 개인시집과 「밀림의 역사」, 「보천보의 횃불」 등 장편서사시를 발표했다. 하지만 남한문학계에서는 읽어볼 수 없는 작품들이 대부분이고, 비교적 알려진 것으로는 『박세영시선집』, 『밀림의 역사』 정도가 있을 뿐이다. 남한에 잘 알려지지 않은 시집 『나의 조국』, 『승리의 나팔』 두 권을 이번 기회에 구해볼 수 있었다. 『나의 조국』은 '공화국 창건 10주년 기념시집'답게 해방기부터 한국전쟁·전후복구기 등을 시대적 배경으로 삼은 「공화국 깃발」, 「자애로운 어머니 품」 등 16편 작품이 실렸다. 책의 어느 장을 펼치건 시와 그림을 함께 볼 수 있도록 편집해놓아서 마치 지상(紙上) 시화전을 보는 느낌이다. 책의 표지에는 '시 박세영 그림 홍성철'로 되어 있어 체재 자체가 시와 그림의 협업을 의도한 것임을 밝혀준다. 그림을 활용하여 대중들의 수용 가능성을 높이기 위한 편집이다. 『승리의 나팔』은 전선문고로 출판되었는데, 「숲속의 사수 임명식」, 「文公團77) 환송의 밤」, 「어머니시여」, 「나팔수」 등 한국전쟁 종군시 11편이 수록되어 있다.

일단 이 세 권의 시집에 실린 작품들, 그리고 『조선문학』에 실린 50여 편의 작품을 중심으로 월북 이후의 작품세계를 개관하는 수밖에 없다. 2천여 편 중에서 110여 편만을 볼 수 있을 뿐이니 물론 한계가 뚜렷한 개관이다. 아무래도 부담스러우니 목표를 좀 낮춰보자. 애국가 작사에 얽힌 이야기들을 정상진에게 들어보고 그 가사를 점검하는 작업, 그리고 월북 이후 작품들이 보이는 주요한 특징을 두 가지로 요약하고 이를 살피는 작업이다.

북한 애국가 작사―인민주의와 자연침탈성

1946년 6월 25일 월북한 박세영은 '바로 그 다음날' 김일성을 만난다. 박세영을 만난 김일성은 "형식에서는 민족적이고 내용에 있어서는 사회주의적이어야 한다는 당의 문예 로선을 명확히 교시하심으로써 우리 문학예술의 사회주의 사실주의 창작방법을 천명하여"[78] 주었다고 한다.

이 같은 창작원리는 1947년 3월 28일 발표된「북조선에 있어서 민주주의 민족문화건설」이라는 북로당의 지침을 통해 확정, 처음으로 발표된 것이긴 하지만, 이보다 앞선 1946년 9월의 한 지면을 통해 김일성은 유사한 창작지침을 밝힌 바 있으니,[79] 아마 6월 말 박세영을 만날 때 김일성은 이미 이와 비슷한 생각을 지녔을 수 있다. 따라서 박세영의 회고를 과장이나 착오라고만 보기는 어려울 것이다.

1년쯤 뒤에 박세영은 다시 김일성을 만난다. "47년 이른 봄, 우리들 몇 시인을 접견하시고 애국가와 인민군행진곡을 창작할 데 대하여 구체적으로 그 방향까지 교시해주시었 다"[80]는 것이다. 몇십 년 동안이나 문단활동을 해온 문인이 문학창작 원칙이나 심지어는 '구체적 방향까지' 일일이 김일 성에게 가르침받는 일은 우리가 받아들이기에는 매우 어색 한 일이다. 그러고 보면 월북한 '바로 다음날' 김일성을 만났 다는 회고에도 은근한 자부심이 섞여 있다. 특히 박세영은 시「햇볕에서 살리라」를 통해 북한문학에서 김일성에게 '영 도자'라는 호칭을 처음으로 부여한 사람인 듯하다고 한다.[81] 정말 박세영이 최초인지는 아직 불분명하고 또 문학 외의 부문에서는 그 이전부터 영도자라는 칭호를 쓰긴 했다지만, 여하간 고작 월북 두 달 만인 1946년 8월에 발표한 작품에서 영도자라는 호칭을 부여했다는 점만은 분명하다.

박세영은 어째서 김일성 앞에서 이토록 고개를 숙이는 것일까. 20여 년 문학을 해온 문인이 무엇 때문에 정치지도자일 뿐인 김일성에게 문학에 대해 가르침을 받으며, 심지어는 그것을 자랑스럽게 여기는가. 왜 월북 두 달 만에 그를 영도자로 경배하는가. 이 대목을 논리적으로 이해하지 못한다면 우리는 북한문학에 대해 또 박세영에 대해 희화적으로만 인식하게 될 터이다. 논리가 없는 곳에 희화화나 공포가 있을 터이므로.

이 문제에 대해서는 신형기·오성호의 노작 『북한문학사』가 좋은 참고가 된다. 이 책의 필자들은 김일성 우상화가 이뤄지는 것은 정치세력의 강요 때문만은 아니며 자발적인 성격도 강한 것이었다고 해석한다. 이 책에서 제기하는 복잡한 논의를 내 나름대로 정리한다면 핵심은 이렇다. "도적처럼 찾아온" 해방을 맞으면서, 그 해방을 자기 힘으로 만들어내지 못한 북조선 민중은 새로운 중심과 주체를 갈망하게 되었던바, 그 자발적 요구가 정치세력의 요구와 맞아떨어진 결과가 김일성 우상화로 이어진다는 것이다. 좀더 자세하게 말하자면, 자신의 힘으로 해방을 쟁취한 것은 아니지만 여하간 투철하게 무력투쟁노선을 견지해온 세력에 대한 대중들의 존경심, 동양의 교훈문학적 전통, 정치·문화적 권위주의의 전통, 당과 대중의 연계가 미처 마련되지 못한 상태이므로 손쉽고 신속한 중심으로서 영웅이 필요했던 점 등이 우상화의 배경이라고 설명한다.[82] 그러고 보면 남한에서도 타율적 해방에 따른 정치적·정신적 주체의 공백을 메우는 방식은 이와 비슷한 점이 없지 않다. 예컨대 이승만이 '국부'(國父)라는 다분히 봉건적 명칭으로 불리었다는 점이나, 이태준이 윤동주 앞에서 무릎을 꿇어야 한다고 술회할 정도의 열패감을 느꼈던 점 등을 참조할 수 있겠다. 물론 그 이후 남북한이 걸어가는 길은 매우 대조적이지만, 적어도 해방 직후에 '영웅의 신화화'가 이뤄지는 배경에는 비슷한 요인들이 작동했다고 볼 수 있다.

결국 김일성 우상화는 주체사상기에 본격화되는 것이지만, 해방 직후부터 이미 그에 대한 신화화는 시작되었으며, 이는 박세영뿐만 아니라 북한문단 전반의 현상이라는 것이다. 그렇다면 박세영이 김일성에 대한 투항적 존경을 보이는 것을 단순한 '아부'나 '출세욕'이라고 해석하기는 어렵다. 박세영이 월북 두 달 만에 영도자라는 표현을 썼다지만, 남한에 있을 때부터 김일성의 과거와 현재에 대해 상세한 정보를 가진 채 월북했던 것이라면, 또한 당시 북한 내부의 상황이 영웅을 요구하고 있었다면, 상당부분 자발적인 것으로 인정할 수 있으리라. 그의 판단이 과연 옳은가와 관계없이, 그의 김일성에 대한 판단 자체는 나름대로 진정성을 띠는 것이라고 볼 수 있겠다.

여하간 박세영은 김일성체제를 한치 의심 없이 승인하고 지지한 듯하다. 더군다나 1946년 10월 14일 발족된 북조선문예총 중앙위원이 되었던 그는 북한의 애국가 작사 공모에 응모하여 선정된다. 이 대목에 대해서는 정률의 회고가 자세하다.[83] 그의 회고를 요약하면 다음과 같다.

북한에서는 1946년 10월 '북조선 임시인민위원회 선전부' 명의로 애국가를 공모하였다. 정률에 따르면 가사 10여 편이 응모되었는데, 문예총에서는 예심을 거쳐 홍순철과 박세영이 응모한 2개의 작품으로 압축, 그중에서 한 편을 김일성이 직접 선택하도록 했다. 홍순철의 노랫말에는 스탈린과 김일성을 찬양하는 내용이 짙게 깔려 있었으며, 박세영의 노랫말에는 그것이 없었다. 그러므로 두 개의 가사를 결선에 올리면서도 정률은, 김일성이 당연히 홍순철의 것을 고를 것이라고 예상했다. 그러나 며칠 뒤에 정률은 뜻밖에도 박세영의 것이 당선되었음을 알게 되었다. 놀라기도 했지만 평소에 존경하던 박세영의 것이 당선되었으므로 정률은 자기 일처럼 기뻤다. 곧바로 박세영에게 전화를 걸었다.

"박선생님, 애국가가 결정되었습니다."

"그래요? 누구 것으로 되었습니까."

"누구는요, 박선생님 것이지요."

"그래요? 그게 정말이요? 당장 만납시다. 우리 한잔 하십시다."

하지만 그때가 밤 10시에 가까운 때였으므로 "다음날 하시지요"하고 간신히 만류하여서 다음날 만나서 코가 삐뚤어지도록 마셨다는 것이다. 정률의 회고를 잠깐 직접 들어보자.

그때까지만 해도 김일성이가 그런대로 괜찮았어요. 애국가 선정 건만 보더라도 개인숭배에도 그다지 빠져 있지 않았음을 알 수 있지요. 홍순철의 가사가 훨씬 김일성 개인숭배가 강했지만 김일성은 직접 박세영의 것을 선택했거든요. 하지만 이후에 점차 김일성 개인숭배가 관철되어가고 북한은 일인독재의 나라로 전락해갑니다. 예컨대 1955년의 일이라고 기억됩니다만, 이런 일이 있었습니다. 송진파라는 사람이 잡지 『새조선』의 주필로 있었어요. 이 사람도 저처럼 소련 태생 조선인이고 제 친구였지요. 그 잡지의 투고 원고를 검토하면서 "위대한 김일성 장군"이라는 구절이 무려 9회나 반복되는 원고가 있기에 3회만 남기고 6회는 지웠답니다. 원래 만세를 하더라도 삼창(三唱)

만 하는 것 아니냐 하는 생각에서 그랬다고 합니다. 그런데 나중에 그 삭제행위가 문제가 되어서 이 친구가 주필 자리에서 쫓겨납니다. 그럴 지경이니 더 말할 나위가 없지요.

필자가 들은 정률의 회고는 이렇다. 그런데 애국가 선정에 대한 박세영의 회고는 비슷하지만 조금 다르다.

> 그 이듬해(1947년—인용자) 6월 25일 북조선인민위원회 회의실에서는 위대한 수령님을 모시고 「애국가」의 심의가 시작되었다.
> 심의에는 두 노래가 상정되었는데 위대한 수령님께서는 몇 번이고 들어보신 다음 나의 가사를 「애국가」의 노래로 택하는 것이 어떠냐고 물으시고 결정을 짓자고 하시었다.[84]

두 개의 가사를 놓고 김일성이 최종결정했다는 점에서는 정률의 회고와 일치하지만, 정률이 박세영에게 통보한 것이 아니라 박세영도 참석한 자리에서 김일성이 직접 선정했다는 것이다. 박세영도 애국가 심사위원 중의 한 사람이었으니 최종결정 과정에도 그가 참석하는 것은 자연스럽다는 점, 게다가 당시에 대한 증인들이 많을 북한에서 애국가 선정과정에 대한 회고를 발표하면서 박세영이 과장하거나 거짓을 섞기는 어려웠으리라는 점 등을 고려한다면 박세영의 회고를 믿는 편이 좋겠다. 아마도 정률은 필자와의 인터뷰에서 북한 문단에서 자신이 한때 차지했던 비중을 좀 과장한 것이 아닐까 생각한다. 몇십 년이 지난 일에 대해 회고할 때, 자신 앞에 앉아 있는 이 남한의 후학에게는 자신이 유일한 증인이라고 생각하면서, 북한에서 자신의 위치와 활약상을 좀 과장하려는 욕구를 느끼는 것은 어찌 보면 당연한 노릇이기도 하다. 정률의 회고는 과장이 다소 섞였으되 자신의 역할을 과시하려는 욕구에서 비롯된 비교적 사소한 부분이라고 할 수 있으며, 다른 부분들에 대한 증언은 박세영이 남긴 글과 일치하거나 좀더 상세하다. 박세영의 것과 끝까지 겨룬 작품이 홍순철의 것이었다는 점, 홍순철의 작품은 김일성 찬양에 기울어 있었다는 점, 공모를 통해 두 작품으로 압축했다는 점 등은 그의 회고에서 처음 확인할 수 있었다.

이런 과정을 거쳐 박세영이 작사하고 김원균이 곡을 붙여 1947년 확정된 북한의 애국가 가사는 다음과 같다.

아침은 빛나라 이 강산
은금에 자원도 가득한
삼천리 아름다운 내 조국
반만년 오랜 력사에

찬란한 문화로 자라난
슬기론 인민의 이 영광
몸과 맘 다 바쳐 이 조선
길이 받드세

백두산 기상을 다 안고
근로의 정신은 깃들어
진리로 뭉쳐진 억센 뜻
온 세계 앞서 나가리
솟는 힘 노도도 내밀어
인민의 뜻으로 선 날
한없이 부강하는 이 조선
길이 빛내세[85]

　원래 북한의 애국가 공모요령에 따르면 후렴은 넣지 않는 것으로 되어 있었다. 박세영의 작사에도 후렴이 없다. 하지만 심의과정에서 사실상 후렴구를 넣는 것으로 바뀐다. 그 까닭을 박세영은 이렇게 회고한다.

　1947년 6월 북조선 인민위원회 회의실에서 위대한 수령님의 지도 밑에 애국가가 심의되었다. 그때 그이께서는 가사 한 구절 한 구절을 짚어가시며 세심한 지도를 주시였다. 그리고 '찬란한 문화로 자라난'이란 시행부터는 반복하는 것이 좋겠다고 하시면서 다시 한번 부르면 선율로 보아서도 더 효과적이고 음악상 조화도 잘 될 뿐 아니라 노래도 한결 장중해지고 부르는 사람으로 하여금 민족적 긍지감과 자부심을 가지게 된다고 교시하시였다.[86]

이에 따라서 북한의 애국가는 각 절마다 8행으로 되어 있지만, 뒤의 4행을 반복해서 부르게 되어 모두 12행이 된다. 1절과 2절이 서로 다른 후렴구를 지니는 셈이다. 여기서 박세영 작사의 북한 애국가와 남한의 애국가 가사를 잠시 비교해 보자.[87]

동해물과 백두산이 마르고 닳도록
하느님이 보우하사 우리나라 만세

남산 위에 저 소나무 철갑을 두른 듯
바람 서리 불변함은 우리 기상일세

가을하늘 공활한데 높고 구름 없이
밝은 달은 우리 가슴 일편단심일세

이 기상과 이 맘으로 충성을 다하여
괴로우나 즐거우나 나라 사랑하세

후렴: 무궁화 삼천리 화려강산
대한사람 대한으로 길이 보전하세

　남한의 애국가는 '동해물/백두산/남산/소나무/하늘/달' 등 불변의 자연물과, '마르고 닳다/바람 서리/구름' 등 변화하는 자연물을 대응시키면서 불변의 것에 대한 찬양을 시도하고 있다. 자연물에서 인간으로 향하는 일방적인 방향성을 지니며, 그 과정에서 변화하는 것에 대한 두려움이나 경계의 정서를 호소하고 있다. 불변하는 것은 아름다움이고 우리 국토는 그 아름다움으로 가득 차 있으며, 우리는 그에 대해 '충성'해야 한다는 것이다. 물론 이는 외세에 시달린 최근세사 속에서 국가와 강토의 존립을 바라는 강력한 염원이 표출된 것으로서 자연스러운 일이라고 할 수 있다. 하지만 지나치게 변화에 대한 두려움만을 각인시키고 있다는 점에서, 오늘날의 시대적 상황과 사회적 정서에서는 과연 얼마나 타당성이 있고 심정적 호소력이 있는지 의문스럽다. 애국가를 작사하던 구한말에 있어서 '변화'란 국가의 소멸이나 위기와 직결될 수 있다면, 오늘날에는 오히려 변화를 거부할 때 위기에 직면한다고들 하지 않는가. 국가주의·민족주의에 대한 비판이 활발해지고 있지 않은가.

물론 이런 급속한 변화가 지니는 긍정성과 부정성에 대해서는 여러 가지 논의가 있을 수 있겠지만, 이런 문제를 떠나서 살펴더라도 남한의 애국가 가사가 지나치게 불변성의 가치, 즉 현상유지에 치중한다는 비판을 면하기는 어려울 것이다. '국가'(國歌)가 한 나라의 존재이유와 그 구성원 모두에게 오랫동안 공유될 수 있는 가치를 담아내고 반복 유포하는 기능을 지닌다면,[88] 단순히 자연에 대한 찬양에서부터 그 근거를 이끌어내는 것은 곤란하지 않겠는가. 그 자연 속에서 살아가는 인간들의 삶에 대한 관심이 지나치게 배제되어 있는 것이 아닐까.

박세영의 애국가는 좀 다르다. 먼저 자연에서 인간으로의 일방적이고 직접적인 동일화가 아니라는 점이 그렇다. 오히려 자연물과 인간의 상호작용이 부각되어 있다. 물론 "삼천리 아름다운 내 조국", "백두산 기상" 등으로 국토의 아름다움과 가치에 호소하는 전략은 다를 바 없지만, 곧이어 "슬기론 인민", "근로의 정신", "진리로 뭉쳐진 억센 뜻" 등 인간의 미덕으로 이어지며, 심지어는 "솟는 힘 노도도 내밀어"처럼 자연의 힘에 맞서 싸우는 인간의 의지를 부각시키고 있다. 조국 자연에 대한 찬미도 단순한 심미화에 그치는 것이 아니다. "은금에 자원도 가득한"이라는 수식을 통해 인간을 위한 자연으로 인식되는 것이다.

두 가사의 비교는 다른 측면에서도 가능하다. 박세영의 애국가에서 자연을 자원으로만 파악하는 시각은 자연에 대한 신비화와 식민화를 동시에 수행했던 서구/근대적 자연관과 더욱 친숙하다는 점이다. '해방조국'의 건설기에 작사된 작품이니만큼, 또한 그들이 수용한 마르크시즘의 자연관 자체가 근본적으로 개발중심주의/자연침탈적이니만큼, 박세영의 애국가는 당연히 이런 맥락을 강조할 수밖에 없었을 터이다. 이에 비해 남한의 애국가는 전통적 자연관, 즉 인간을 자연 속의 한 존재로 간주하는 관계론적 인간관에 접맥되어 있다. 창작자가 봉건적 유학의 영향을 받은 사람이기 때문일 터이며, 또한 창작 시점도 새나라의 건설기가 아니라 대한제국 쇠퇴기였기 때문이기도 할 터이다. 이유야 어떻든 간에 자연관을 비교한다면 남한의 애국가는 그 전근대성 때문에 생태적 가치를 더 강력하게 유지하고 있기도 하다.

앞서 살폈듯이 박세영의 애당초 가사에는 후렴구가 없었다. 후렴구란 반복을 통한 강화이다. 노래, 특히 여럿이 함께 자주 부르게 되어 있는 국가의 경우 후렴은 일종의 주술적 효과까지를 생성한다. 더군다나 북한 애국가의 가사는 후반부에 국가주의적 내용이 집중되어 있다. 결국 후렴구를 만들어냄으로써 북한의 애국가에는 국가주의적 성격이 대폭 강화되는 셈이다. 박세영의 애당초 가사가 인간과 국가의 결합이었다면, 김일성의 지시로 후렴이 만들어진 뒤에는 인간보다 국가가 더욱 강조되었다고 볼 수 있다.[89]

남한의 애국가라고 해서 국가주의에서 자유로운 것은 아니다. 특히 "충성을 다하"라고 요구하는 대목이나, "대한사람 대한으로 길이 보전하세"라는 후렴구가 그렇다. 더군다나 "대한으로 길이 보전"해야 할 이유를 단순히 "대한사람"이기 때문이라는 데서 찾고 있다. 단순한 동어반복이거나 환원론적 오류에 불과하다. "대한사람 대한으로" 남아야 할 이유에 대해 설명하지 못하므로 논리적 호소력이 약할 수밖에 없는 것이다. 물론 국권상실기였던 작사 당시라면 그 이유는 다른 설명을 기다리거나 논리적 근거를 굳이 대지 않더라도 자명한 것일 수 있겠지만, 오늘날에까지 자명한 것일 수는 없다.[90] 물론 남북의 애국가뿐 아니라 다른 국가들의 '나라 노래'들 역시 민족주의나 국가주의에서 자유롭지 못하다는 점은 마찬가지일 터이다. '나라 노래'가 꼭 있어야 한다면, '나라'보다는 '사람'이, 사람들이 합의한 '가치'가 존중되는 노래로 되어야 할 것이다.

애국가 이야기가 좀 길어졌다. 여하간 박세영은 애국가 작사자로 확정됨으로써 일찌감치 북한문학 내부에서 확고한 위치를 차지하게 되며, 사망할 때까지 그 위치를 별 변동 없이 유지할 수 있었다. 그럴 수 있었던 데에는 북한문학에서 김일성에게 영도자라는 칭호를 처음으로 바친 이가 박세영이라는 점에서 단적으로 드러나듯이, 김일성에 대한 변함없는 존경이 큰 힘이 되었을 터이다. 그 지속적 존경은 아마도 해방 전 김일성의 무력투쟁 경력에 대한 외경 때문이었을 터이며, 뒤에 보듯이 북한 토지개혁을 지켜보면서, 그리고 외국기행 과정을 거치면서, 그 외경은 확신으로 바뀌어 지속된 듯하다.

먹고 남아 '나무리벌'—토지개혁 현장의 시편들

월북 이후 작품에서 그 성과를 눈여겨볼 만한 것은 크게 두 가지라고 하겠다. 농촌의 활기를 다룬 작품과 외국기행에서 얻어낸 작품들이다. 그중에서도 특히 토지개혁이 이뤄지던 농촌을 무대로 삼은 작품들은 그가 '참 삶'을 찾았다는 실감을 가진 채로 써낸 작품들이었으며, 성과도 눈여겨볼 만한 것들이라고 할 수 있다. 그는 '인민 속으로'를 주창하는 북한 문예정책에 따라서 토지개혁의 현장을 체험했으며, 이는 오랫동안 현장과는 유리되어 있던 그에게는 꽤 의미 있는 경험이었던 듯하다.

이미 다섯 해 동안 들려오던 소식,
말만 들어도 설레이던 "토지개혁",
토지를 분여 받은 농민들 눈에는
새삼스레 더 푸르른 듯 논밭을 봤다.

소작 살이에 젊음을 앗겨버린 봉성이도
오늘은 토지 분여 사업 맡았나니,
이제사 지주에게 머리 숙이던 옛 버릇
헌 신짝처럼 내동댕이 치라.

어려운 일에는 하냥 앞장서고
궂은 일에는 늘 선참 나서던 동무여,
말없이 그대 들어온다만 왜 모르랴,
문전옥답은 머슴군 천식에게 주려는 생각을.

"어제까지 호령 듣던 지주네 방이다
이 사람아 수줍어할 게 무어란 말인가
어서 저 윗자리에 가 앉게나
이제는 우리들이 농촌의 새 주인들 아닌가."
  • 「농촌의 새 주인들」(창작연대 미상)[91] 전문

토지개혁을 맞는 농민들의 모습을 실감나게 그리고 있다. 토지분배의 주역은 농민, 그중에서도 도덕적 우위를 점하고 있는 '봉성이'다. 더군다나 그는 봉건적 질서 속에서 가장 고생을 많이 한 '머슴 천식이'에게 가장 좋은 논을 주겠다는 복안을 지니고 있다. 도덕적 인물이 도덕적 판단을 내리는 것이다. 그는 이제 머슴 천식에게 상석에 앉으라고 권한다. "자네가 해야 할 일은 이제 주인 노릇을 하는 일뿐이네."

항일 무장투쟁이라는 도덕적 정당성을 기반으로 삼은 북한 정권이 토지분배를 통해 정권의 안정성을 강화해나가는 양상에 대한 존경과 자긍으로 이 시는 가득 차 있다. 그러면서 말한다. "인민에게서 배우자, 인민이 주인이다."

하지만 '주인노릇'이란 이렇게 일방적으로 주어져서는 제대로 할 수 없는 법이 아닐까. 그래서 '인민'들은 '주인'이 되었음에도 '수령'의 은혜에 감읍하면서 어버이로, 주체로 떠받들게 되는 것이 아닐까. '수령'은 '인민'을 존중하라고 말하지만 막상 '인민'들은 '수령'을 떠받들게 되는, 권력을 주고받는 모습을 통해 '수령'의 권력은 확고해지는 것이다. 머슴 '천식이'처럼, 또한 세 번 황제자리를 사양하는 격식을 취하지만 결국은 새 황제가 즉위하도록 되어 있는 전통적 양위식처럼.

'토지를 되돌려준 김일성의 은혜'에 대해 증산과 개간으로 보답하자는 '보은론'이 확산되고 그것이 국민총동원체제를 가능하도록 만든 힘이 되는 사정을, 이 작품을 읽다보면 짐작할 수 있게 된다. 그러나 이 문제는 적어도 이 시기에는 그다지 중요한 문제로 간주되지 않았다. 앞서 살폈듯이 이 시대의 핵심적 과제는 오히려 민족적·국가적 주체를 새로 세우는 작업이었다. 수령중심주의·주체주의에 대한 비판적 의식이 결여되어 있음은 분명히 박세영의 한계라고 하겠지만, 그 한계는 그 개인의 것이라기보다는 시대의 한계라고 보아야 할 것이다.

토지개혁 문제는 해방 직후의 남북한 체제경쟁에서 북한이 우위를 과시할 수 있는 득의의 영역이었음은 많은 논자들이 동의하고 있는 바이다.[92] 주민의 80퍼센트 가량이 농업에 종사하던 시대에 무상몰수 무상분배라는 토지개혁이 지니는 의미는 쉽게 짐작할 수 있다. 월북작가들은 이 현장을 집중적으로 창작하게 되며 박세영도 예외는 아니었다. 토지분배를 지켜보면서 자신의 월북은 올바른 판단이었다고 확신하게 되는 것이다. 이제 독자대중과 호흡을 함께 할 수 있게 된 그의 시편들에 활기와 생기가 넘치게 된다. 같은 농촌 현장체험에 기반한 작품이라고 하더라도, 해방 전 은평농민조합운동의 경험을 담은 「타적」(1928)에서 보이던 암울한 분위기는 말끔히 사라졌다.

일제의 검열도 사라졌다. 물론 새 권력의 검열을 의식하지 않을 수는 없었겠지만, 농촌문제에 대한 작품들이라면 그 검열권력과 부딪칠 우려도 거의 없었다. 아니, 그는 오히려 권력과 행복한 합일을 느꼈으리라. 북한의 권력 핵심부는 식민치하 항일세력이 중심을 이루었다는 점에서 역사적·도덕적 정당성을 이미 지니고 있던 위에, 농민 중심의 토지개혁을 이뤘다는 점에서 현실적 정당성 또한 획득해냈다고 박세영은 판단했을 터이므로. 게다가 그 권력의 도움을 받으면서 그는 토지개혁이 이뤄지던 농촌현장에 들어갈 수 있었고 그 결과물은 공적으로 출판되어 널리 읽히게 되었다. 현장에 들어가서 그들의 목소리를 듣고, 그들에게 가장 절실한 이야기를 쓰고 그들 대다수가 자신의 작품을 읽게 된 것이다. 카프시기 그가 간절히 원하던 '노농대중 속으로'는 이제 완벽하게 현실로 이뤄진 것이다. 이 같은 사정에 걸맞게 이 시기에 쓴 농촌문제에 관한 작품들은 그의 문학에서 하나의 전기를 이룬다고 할 만하다.

이 작품은 북한 토지개혁의 핵심을 생생하게 묘사하고 있다. 그러나 아무래도 소품이라는 한계를 지니고 있어, 토지개혁을 다룬 그의 대표작이라면 「봄의 재령강반에서」를 고르고 싶다.

끝없이 넓은 벌 저 멀리, 산은 푸르고
재령강은 들 복판을 굽이쳐 흐른다.
강을 따라 성을 쌓아 올린 듯 제방도 끝없으니
여기가 먹고 남아 나무리벌이란다.

누가 들어들 올려나 놓은 듯 깨어진 얼음장들이
강기슭을 따라 떡 켜처럼 덮였다.
흘러 내리는 얼음장들이 없다며는
강인지 언뜻 모를 잔잔한 봄의 흐름.

문득 기럭 소리 나기에 쳐다보니
놀라와라, 온 세상의 기러기 예 다 모인 듯,
한없는 대열 하늘가에 닿았나니
구름을 쓸듯 기러기들의 날음소리.

이제사 정말 먹고 남아 나무리벌에
농민들 행복이 남의 일 아니라 찾아 듬인가.
피 묻은 원수들 앞에서도 굴하지 않고
싸워 온 농민들의 이 보람에 감사함인가.

포전 작업에 나선 조합원들은 많아도

하 넓은 들이라 보일락말락한데,
창파 이는 바다와 같은 퇴비 낸 전야는
수로여, 어서 문을 열라 기다리는 듯하다.

농구 제작소 지붕에 피는 아지랑이 유난한데
고속도 분쇄기 소리 가까이 들리는 곳,
이여 두른 헛간에선 장난꾸러기 아이처럼
도야지 한 마리 무엇을 쑤시다 놀라 뛴다.

벌이여, 평화롭고 참 행복하구나.
한때는 수상 동지 이 강둑을 걸으시며
'이 갈밭을 논으로 풀 거야 없지요,
알곡에 못지 않은 갈대도 많이 내야지요.'

바로 그 말씀대로 곳곳이 능선처럼 쌓인 갈대
저 편은 알곡으로 산을 이루었으니,
트랙터 소리와 더불어 온 들은 대답하는 듯
'이제 기계 소리로 온 벌을 덮으리다.'

그러나 나는 듣는다, 깜짝 깨여 난다.
더께 같은 얼음장들이 부딪치며 흐르는 소리에서,

'사람들이여 머리 속에 남은 더켈랑은 우리처럼 영영
흘러 보내라'는 소리를.
* 「봄의 재령강반에서」(1960)[93] 전문

자연묘사는 실감 있고 가락은 여유롭고 유장하다. 특히
"도야지 한 마리 무엇을 쑤시다 놀라 뛴다" 등에서 보듯이
적절한 세부묘사에서 얻어지는 실감도 눈여겨볼 만하다. 풍
년을 맞은 농촌 풍경이 절절하다. 박세영의 결함이라고 할
수 있는 한자투도 거의 사라졌다. 도입부 두 행은 한시를 연
상케 하지만 곧바로 벗어난다. 물론 북한의 한글전용정책에
따른 것이긴 하지만, 한자 표기도 완전히 사라졌고 오히려
'나무리벌'이라는 토박이 땅이름을 적절히 빌려옴으로써 설
득력을 배가시킨다. 나무리벌.

재령평야는 예로부터 '나무리벌'로 불릴 만큼 풍요로운 들
판이었다. 김소월 역시 「나무리벌의 노래」에서 "신재령에도
나무리벌/물도 많고/땅 좋은 곳/만주나 봉천은 못 살 고장"
이라고 읊고 있음을 우리는 기억한다. 그러나 그 드넓고 비
옥한 땅을 버리고 농민들은 만주로, 봉천으로 떠나야 했다.
물론 지주와 일제의 수탈 때문이었다. "왜 왔느냐/왜 왔드
냐/자곡자곡이 피땀이라"는 것이다. 그 김소월의 '나무리
벌'이 이젠 농민들의 품에 되돌려졌고 "알곡으로 산을 이루

었"음을 박세영은 본다.

나무리벌. 남는다는 것이다. 먹고도 남는다는 말이다. 이 얼마나 사무치는 말이던가. 박세영의 유년기가 얼마나 극심한 굶주림이었던가. '흰 흙을 파먹고' 살아야 했던 조선 민중의 삶이란 얼마나 혹독한 것이었던가. 하지만 이제 논밭을 농민들에게 돌려주었고 굶주림을 해결했다는 것이다. 박세영은 조국 해방, 그리고 그가 선택한 '북조선'에 대해 거의 완벽한 만족을 느낀다. 이런 맥락에서 본다면 북한문학 중 수작들은 거의 대부분 토지개혁을 다룬 작품임은, 그리고 박세영 역시 예외가 아님은, 거의 당연한 노릇이라고 하겠다.

이 작품이 보여주는 또 하나의 특징은 대화체를 도입했다는 점이다. 비단 이 작품뿐만 아니라, 북한에서 쓴 박세영의 시들은 대화체를 많이 동원하고 있다. 물론 해방 전에도 대화체를 시도한 바 있지만, 북한시절에는 훨씬 전면적이다. 대화체는 시에 이야기를 도입함으로써 '할 말 많은' 시인의 내면을 제시하기에 편리하고, 또한 민중들의 생각과 언어를 자연스럽게 전달할 수 있는 방식이다. 이를 통하여 농민·노동자 등 독자대중의 감정과 체험을 직절하게 전달할 수 있게 되는 것이다. 또한 묵독(默讀)이라는 현대시 향유방식에 익숙하지 않은 노농대중들에게 전달의 가능성을 높일 수 있는 방식이기도 하다. 식민치하부터 '민중 속으로', '현장 속으로'를 계속 염두에 두어왔던 박세영이고 보면 매우 자연스러운 일이라고 하겠다. 물론 이는 박세영이 독자적으로 만들어낸 것이라기보다는 '인민 속으로'를 주창하던 북한의 문예이론과 관련되는 것이겠지만, 이론이 개별 작품의 질을 보장하지는 못한다. 아니, 오히려 경직된 문예이론이 개별 작품을 질식시킨 예가 훨씬 더 많다. 결국 이 작품이 이뤄낸 성과는 박세영 개인의 몫이라고 해야 할 것이다.

그는 한국전쟁을 맞이하여 종군작가로 활약하면서, 또한 전후복구기에 수많은 작품을 쓴다. 그 작품들은 예외 없이 북한의 도덕적 우월성에 대한 확신과 남한 및 미국에 대한 강력한 적개심을 직설적으로 토로하고 있다. 그러한 인식은 물론 북한의 정책적 방향과도 일치하는 것이긴 하지만 좀더 근본적으로는 박세영 개인의 역사적 인식, 즉 토지개혁 과정을 지켜보면서 가지게 된 북한정권의 도덕적 우월성에 대한 확신에서 나오는 것이라고 보겠다.

「숲속의 사수임명식」, 「나도 스탈린거리를 건설하련다」 등 전쟁기(또는 전후복구기)의 작품들에 대해서는 길게 나열할 필요를 느끼지 않는다. 이 시기 북한문학이 그렇듯이 '매국도배 이승만 괴뢰' 및 '흉악한 미제 살인귀'와, 이에 맞서 싸우는 '불굴의 인민군 용사'들이 길게 나열되어 있을 뿐이다. 누가 썼는지 굳이 밝힐 필요가 없지 싶을 만큼 천편일률이다. 강력한 적개심의 전면적 노출, 표현의 상투성, 구도의 공식성 등을 예외 없이 공유하고 있는 것이다. 그러나 예외도 있다. 좀 길지만 전문을 보자.

전우와 더불어 고향을 지나던
그 날은 달도 밝은 밤,
발걸음보다도 마음이 앞서
어머니 계신 방문을 두드렸습니다.

집 떠난 지 삼 년에
울타리는 없어지고
감나무는 부러지고
지붕이 아니라 골창 진 풀밭 같이
잡초가 무성한데도
박은 하야니 굴을 듯 열리고,

가을 바람에 낙엽은 날려도
도란도란 들려오는 어머니 목소리,
그것은 무슨 말씀이나
간곡히 아들을 부르는 소리였습니다.

마음은 미칠 듯
어머니 가슴에 안기였으나
낙엽을 지려 밟으며
내 그림자는 댓돌까지
더는 못 갔습니다.

생각하면
젖 먹던 때부터
닳도록 여닫던 문고리가
그 밤은 한번 만지기조차
그렇게 어려웠을까요.

어머니 내 귓속말처럼이라도
어머니를 불러 보지는 못했을망정
창문을 흔들던 밤바람은
'어머니'하고 열 백 번 부르던
아들의 마음이었습니다.

창 사이 한 겹이 천리나 떨어졌는가
그리운 어머니를 못보고
전우와 더불어

아지트로 돌아서는 저의 마음,
다시 한번 총탄을 지긋이 잡으며
부엉새 우는 산을 넘었습니다.

만일에라도
창문 밖에서 숨을 죽이며
귀 기울이던 아들을 보시었더라면
어머니시여 얼마나 서운했으리까.
가열한 불길 속에
몰라 볼만치 달라진 아들이래서
놀라실 어머니보다도
남반부 생지옥의 처참한 꼴이
어머니 모습에서도 역력하리니,
아들이 들러간 것으로 하여
어머니에게 내릴
놈들의 박해를 생각하여
지켜야할 비밀을 생각하여
그러기 돌쳐선 겝니다,
장찬 달밤의 산길로
이를 악물고 저는 돌아온 겝니다.

아— 그때로부터 다시 삼 년,
불길 속에 자란 아들은
인민군대의 영예를 지니고
미제 날강도에게
명중의 불을 뿜습니다.
민주의 제도가 그렇게 그리워
자유와 평화가 그처럼 그리워
전호에서도 부르는 인떠나쑈날의 노래,

선량한 세계 사람들과 함께
부르는 이 노래는
평화의 내일을 알리는
승리의 나팔 같이 울립니다.

부모 형제들이 피 흘린 이 땅에
아름다운 꽃을 피우기 위하여,
허물어도 일어만 서는 이 강토에
봄바람처럼 불어 오는
온 세계 평화 애호의 심장들을 위하여
이 몸 하나가 무엇이 아까우리까?
때문에 원수의 불 속도 헤쳐냅니다.

어머니 지금은 어데서 떨고 계신지
어드메에 누워 계신지
그러나 아들은 돌아갈 겝니다.
조국의 독립과 평화가 오는 그 날,
저는 남쪽 바닷가 내 고향으로
어머니를 찾아갈 겝니다.

그때는 보다 더 몰라보게 되더라도
어머니는 아들의 얼굴을
어릴 때처럼 쓰다듬어 주시리니
승리와 더불어 돌아갈 아들을
어머니시여 기다리시라.
　•「어머니시여」(1952)[94] 전문

　물론 '남반부 생지옥', '미제 날강도' 등 상투어구들이 몇
몇 발견되지만, 박세영의 월북 이후 문학 특히 한국전쟁기
산출된 작품 중에서는 상당히 예외적인 작품이라고 할 수 있
다. 이렇게 통상적인 인식을 깨는 작품들의 존재에 대해서도
주목해야 마땅할 것이다. 단순하게 '천편일률이다, 상투적
이다, 문학이 아니다'는 식의 동어반복적 연구에 머물러서는
진전이 있을 수 없다. 예컨대 이런 예외적인 작품과 지배적

인 작품을 대비하는 작업. 박세영에 한정해서 말한다면 식민 시기에 '여우 목도리'를 두르지 못한 어머니에 대한 불효의 인식과 전쟁기 어머니에 대한 인식이 어떻게 달라졌는가를 살피는 작업, 당시 산출된 북한의 전쟁문학 전반이나 북한사 회와 대중들의 정서와 연관시켜 박세영의 작품을 해석하는 작업, 또는 한국전쟁기에 산출된 남북한 작품들을 나란히 놓 고 비슷한 상황에서 창작된 작품들이 정치체제의 차이에 따 라서 어떻게 비슷하고 어떻게 다른 양상으로 나타나는가를 살피는 작업 등이 좀더 생산적일 터이다.

이런 문제는 필자의 한계와 이 책의 범위를 동시에 벗어나 는 만큼, 더 논의를 진행하기 어렵다. 단지 전쟁이라는 극단 적 상황을 맞으면서 박세영 문학에서는 공식성이 압도적으 로 나타난다는 점, 그 이후 그의 현실인식이 극단화되고 작 품은 단성화된다는 점만을 지적해두고 넘어가기로 한다.

'밖'에서 발견한 '조국', 단성화(單聲化)되는 '인민'—외국기행시

한국전쟁은 남북을 막론하고 한반도 민중의 삶을 철저하 게 파괴하였으니, 휴전이 되었을 때 그들이 목격할 수 있었 던 것은 폐허뿐이었다. 그 시기 북한의 핵심적인 명제는 전 후복구와 전쟁책임의 문제였다. 이 전후복구기에 박세영은 몽골과 오스트리아 기행을 하고 작품을 써낸다. 먼저 「몽골방문시초」를 보자.

방문을 열면 현란한 꽃무늬 장판,
푸른 벽에 금꽃이 찬란히 피고,
샨데리야는 주렁주렁 드리워
너이들을 감싸주는 이 나라의 마음 같구나.

사랑하는 나의 아이들아,
따뜻한 몽고 어머니 품에서
정말 탐스럽게 자랐구나,
한없는 꿈을 가슴에 가득히 안고.

원수들이 지른 불길 속에서
어버이를 원통히 잃은 너이들이,
낭랑한 목소리로 시 평화를 낭송할 때
어린 너의 눈시울이 그렇게 뜨거워 짐은.

너이 집이 적탄에 불탈 때
어버이 모습을 찾아 못 잊어서냐,
복수에 끓는 어린 마음들이 식지 않아서냐,
그때를 보는 듯 내 가슴 뜨거워 지누나.

우리는 너이를 끔찍히 생각하시는
김일성원수의 뜻을 안고,
승리한 조국의 장한 모습을 안고,
우방 형제의 나라를 찾아왔으니.

아이들아, 너이를 찾아온 이 가슴에
어서 달려와 모두들 안겨주렴,
그처럼 기승을 부리던 원쑤 미제
그놈들을 무찌른 이 아저씨들 가슴에.
(……)

조선의 전재 고아 사랑하는 아이들아,
몽고 인민의 사랑 속에 어서 자라라,
조국이 너이에게 원하는 것처럼
새 나라 훌륭한 일꾼들이 되게 어서 커라.
• 「몽골방문시초」(1955)[95] 일부

　몽골은 1990년대 사회주의권의 붕괴 이후 시장경제체제로 전환하였고 지금 우리에게는 후진국의 한 대명사처럼 인식되어 있다. 하지만 1924년 독립한 세계 두 번째의 사회주의 국가였으며 1939년에 러시아와 연합하여 일본과 싸워 이긴 어엿한 전승국이었다. 게다가 한국전쟁으로 생긴 북한의 전쟁고아들을 받아들여 양육해준 북한의 형제국가이기도 했다. 전후복구기인 1955년에 몽골을 방문한 박세영이 몽골에 대해 한껏 경애를 보내고 있는 것은 이런 사정으로 미루어 거의 당연하다고 할 수 있다.

하지만 이 시에서 좀더 두드러지는 것은 몽골에 대한 경애와 고마움보다는 오히려 '미제'에 대한 증오, 또는 '세계최강국의 침략'을 물리친 자부심이다. 제 나라 아이들을 제대로 키우지 못하고 남의 나라 품에 맡긴 한 구성원으로서 가져야 마땅할 자괴감이나 그 아이들이 겪었을 아픔을 상상하고 나누는 흔적은 찾아볼 수 없다. 애써 찾는다면 자괴감은 "원쑤 미제/그놈들을 무찌른 이 아저씨"라는, 조국에 대한 자부심의 배면에 숨어 있는 형태로만, 미약하고도 왜곡된 방식으로만 나타난다. 이를 어떻게 이해할 것인가. 이 연작 기행시 중에서 바로 앞에 실린 '울란바토르'라는 소제목을 단 작품을 보자.

광활한 땅을 굽이쳐 흐르는 또르강을 끼고
너 장엄하게 일어섰고나 울란바또르,
흰 빛 고층 건물들이 즐비하건만
붉은 영웅으로 불리우는 몽고의 수도

동편은 웅장한 쵸이발산 종합공장,
서편은 대 육류 꼼비나트,
위대한 소련의 크나큰 도움으로 해
높이 솟은 뭇 공장의 굴뚝들.

(……)

울란바또르여, 말하라!
위대한 10월 혁명의 불씨가
요원의 거화처럼 이 땅에 번져
인민 혁명의 불길로 원수를 내친 이야기를.

네가 오늘은 이처럼 화려하지만
인민의 원한 대지에 찼던 그 시절에
쓰라린 시련을 헤쳐 나오며
피로 싸워 자유론 새 나라를 창건했음을.

(……)

내 또한 승리한 나의 조국
영웅 도시 평양의 숨결을 안고,

미제를 다구쳐 3년의 불길을 이겨낸
승리의 함성을 안고 여기 왔나니.
•「몽골방문시초」[96] 일부

이 연작시는 미국/소련, 몽골/조선, 기성세대/어린 세대의
대립에 의존한다. 박세영은 세계를 미국과 소련, 즉 자본주
의권과 사회주의권의 투쟁으로 파악한다. 한국전쟁을 사회
주의권에 대한 자본주의 세력의 공격이라고 이해하며, 몽골
과 조선은 소련을 중심으로 하는 사회주의권의 한 구성원으
로서 동일시된다. 이런 인식 속에서 박세영은 "조선은 사회
주의권을 수호하기 위한 대리전을 치른 셈이므로 몽골이 조
선의 전쟁고아들을 받아들이는 것은 당연한 의무"라고 판단
하게 된다. 그 공격을 물리친 '영웅 도시 평양'이라는 자부심
을 지닌 채로 박세영은 몽골을 찾아갈 수 있게 되는 것이다.
여기에 다시 역사적 인식이 개입한다. 몽골과 조선의 대조적
양상은 현재의 일시적인 것에 불과하게 되고, 어린 세대가
살아갈 미래에 대해서는 낙관하게 되는 것이다. 몽골이 "오
늘은 이처럼 화려하지만" 그 화려함은 "쓰라린 시련을 헤쳐
나오며 피로 싸워" 이겨낸 결과이다. 이로 미루어볼 때 북조
선의 현재는 누추하더라도 그 미래는 '화려한' 것이 되리라
는 '전망의 서취(先取)'는 가능하게 된다.

사회주의가 근본적으로 세계 공화주의적 입장('만국의 노동자여 단결하라')과 역사발전 필연론을 취하고 있음을 참고삼을 때, 이런 인식 자체에는 큰 무리가 있다고 보기 어렵다. 또한 광복, 분단, 토지개혁, 한국전쟁으로 이어진 최근세사의 격동 속에서 박세영은 하나의 강력한 주체에 기댐으로써 혼란스러운 역사를 해석하고 견뎌내고자 했을 터이다. 물론 그 하나의 주체란 내부적으로는 김일성이며, 외부적으로는 소련(또는 '스탈린 대원수')이다. 그의 이런 인식은 당대 북한작가들의 일반적인 심리적 풍경이라고 보아야 할 것이다.

  하지만 자신의 아이들을 자기 나라에서 키워내지 못하는 것에 대한 안타까움이나 자괴감을 찾아볼 수 없다는 점, 더군다나 그 아이들을 빨리 다시 조국으로 데려오겠다는 의지도 없고, 그 아이들이 겪었을 상처에 대한 연민 또한 전혀 나타나지 않음은 아무래도 동의하기 어렵다. 북한에서 엄격한 검열이 행해짐을 인정하더라도 사정은 완전히 바뀌는 게 아니다. 마땅히 있어야 할 것들을 행간에서조차 찾아볼 수 없음은 무엇을 말하는가. 이미 그의 창작태도는 상당히 경직된 것이 아닐까.

  박세영은 몽골 기행을 통해서 북조선의 정당성을 다시 한번 확인하지만 애써 자괴감을 감추는 모습은 아무래도 군색하다. 그러나 곧 이은 오스트리아 방문에서 박세영은 자본주

의 국가에 대한 자국 체제의 우월성을 확인하면서 의기양양
해진다.

조선예술 공연을 본 오지리 할머니
저도 모르게 눈시울 뜨거웠다네.
극장 쏘펜잘에서 쓰레질로 늙었건만
이런 춤 노래는 보다 처음이라고.

할머니는 황홀한 꿈이라도 꾼 듯
젊은 조선 예술가들을 보고 치하했네
'당신 나라의 춤 노래를 보니
신선놀음이나 본 것 같다'고.

'세상에 이런 예술의 나라 있다는 걸
내 무식한 탓에 미처 몰랐구료,
당신들이 미군을 쳐 이겼을 때
내 비로소 안 영웅 조선이라오.

당신네 옷은 옛날부터 이런가요,
당신네 나라에서 이런 천을 짰나요,
모양도 좋거니와 빛깔도 아름다운데

그런 맵시라니 세상에 또 어디 있겠소.'

할머니는 처녀들의 치마자락을 만지며
선녀들의 옷이라도 만져 보는 듯,
그러면서 말했네, '당신네 나라 사람들은
세상에서 참 문명한 사람들이라'고.

그는 고달픈 탄식을 하듯 말했네,
'노동자의 자녀들도 대학엘 간다니
나도 조선의 딸로 태어 났더면
세상에 원이란 더 없겠소.'

허나 할머니는 아직 모르시리라.
조선의 처녀들도 천리마 탄 줄을,
당의 문예 전사로 해 더 아름다운 줄을,
평화의 염원으로 마음마저 붉은 줄 모르리라.
  • 「오지리 할머니의 소원」[97) 전문

'선녀/신선'과 '노동자'의 강력한 동일시가 이 작품의 주
된 얼개이다. 얼개만 그런 게 아니라 거의 모든 표현들이 낡
고 상투적이다. "신선놀음이나 본 것 같다", "모양도 좋거니

와 빛깔도 아름다운데", "세상에서 참 문명한 사람들" 등의 어구들에서 보듯이 오스트리아 노파의 말을 그대로 인용하는 대목에서 발견되는 상투어들은 차라리 서양 노인의 입말을 성공적으로 우리말로 번역해냈다고도 볼 수 있다. 하지만 시인 자신의 언어로 되어 있는 대목에서 그런 부분을 발견할 때는 당혹스럽기까지 하다. "황홀한 꿈이라도 꾼 듯", "치하했네", "선녀들의 옷이라도 만져 보는 듯", "평화의 염원으로 마음마저 붉은 줄" 따위가 그것이다. 그리고 보면 "신선놀음이나 본 것 같다"는 말이 과연 정말 오스트리아 노파의 말인가 하는 의문까지 품게 된다. 노파의 입을 빌렸을 뿐, 사실은 박세영이 만들어낸 말에 불과한 것이 아닐까 의심하게 되는 것이다.

상투어들을 작품에 빈번하게 사용하는 일은 오늘날 우리의 미의식이나 문학이론에 따른다면 금기에 속한다. 하지만 '오늘 우리'의 잣대만을 고집해서는 곤란하다. 그들은 그들 나름의 문맥과 미학적 수용기제 속에서 작품을 만들고 향유했을 터이다. 또한 상투적 표현이란 오늘 우리에게는 문학적 금기이지만, 문학적 기법 중 하나로 애용되던 구비문학적 특질임도 분명하다. 아니, 아직까지도 일상언어에서는 상투어의 힘이 잘 작동하고 있기도 하다.

물론 이런 상투어를 쓰는 것에 대해서도 여러 가지로 생각할 수 있다. 박세영이 지니는 한학적 소양, 또는 은평야학시절 농촌의 입말을 배워 쓰려던 노력 등이 이런 상투성에 대한 의존을 낳았으리라고 볼 수도 있으며, 당시 북한의 독자들이 지니고 있던 기대지평이 바로 이런 정도의 고전적 상투성에 의존하는 묘사들이었을 가능성도 없지 않다. 사정이 이러하다면 북한 작품을 읽을 때 지나치게 오늘 우리의 미의식과 판단기준을 고집하는 일은 현명하지도 공평하지도 못할 것이다.

더군다나 오늘 우리의 눈으로 보더라도, 이 작품이 단지 '선전 삐라'에만 그치는 것은 아니다. 거칠긴 하더라도 메시지만은 강력하게 다가온다. 그 힘은 주로 시적 화자를 적절하게 선택한 데서 비롯된다. "노동자의 자녀들도 대학엘 간다"는 진술, 그리고 그런 말을 하는 시적 화자가 "극장에서 쓰레질로 늙은 노파"라는 대조에서 이 작품의 호소력은 발생한다. 게다가 평생 동안 일해온 직장이 바로 극장이었지만 노파는 제대로 예술을 향유해본 적이 없다는 지적이 보강된다. 노파는 예술의 풍요 속에서도 예술에 소외당한 인간이다. 자본주의의 모순성을 상징적으로 나타내 보일 만한 인물을 발굴하고 그를 시적 화자로 만들어낸 덕분에 이 작품은 이념의 형해화에서 일정 부분 벗어날 수 있었던 것이다.

그러나 이 모든 유예와 호의적 해석에도 불구하고, 이 작품은 아무래도 '노파'에 지나치게 기대고 있다. 7개 연 중에서 2개 연을 제외하고는 온전히 노파의 상황과 서술에 의존한다. 그나마 첫 연은 단순한 노파의 이력 소개이고 보면, 결국 마지막 연에서 천리마운동으로 매진하자는 호소만이 온전히 시인의 몫인 셈이다. 결국 이 작품의 감동은 주로 노파의 서술에 의존할 뿐이다. 물론 이야기성이 강한 작품에서 적절한 인물을 발굴하는 일 또한 시인의 능력이 아니라고 말하기는 어렵겠다. 하지만 적절한 인물을 등장시키지 못한 다른 기행시들이 대체로 실패했음을 감안할 때, 아무래도 인물에 대한 의존도가 지나치게 높은 편이다.

더군다나 이 작품에서 노파의 존재는 박세영이 만들어낸 성격보다는 실제체험이라는 느낌이 강력하다.[98] 그렇다면 문제는 더 심각하다. 적절한 인물을 만나는 일은 아무래도 우연에 많이 의존하기 때문이다. 더군다나 제한된 시간과 공간에서 체험할 수밖에 없는 외국 기행시에서라면 그 우연성은 더 심해진다는 점도 감안해야 할 것이다.

박세영은 아무래도 지나치게 현장주의에 빠져버린 것은 아닐까. 그가 카프 시절부터 그렇게도 벗어나고 싶던 소시민성을 벗어던지고 현장주의로 나아간 결과, 시인의 개인적 주체가 거의 소멸하게 되는 것이 아닐까. 그 대신 대주체로서 김일성이나 스탈린에 일방적으로 의존한 결과가 바로 천편

일률적인 공식적 어휘들의 나열이라는 형식으로 나타나는 것이 아닐까. 초기의 농촌시들에서 보여주는 성취가 시적 주체와 대상들이 상호대화와 일체감을 통해 비교적 조화를 이루고 있음에 의존했다면, 이제 그는 시적 주체를 송두리째 버린 나머지 단성적 목소리만으로 일관하게 되는 것이 아닐까. 그 단성적 목소리는 노파라는 현장의 입을 빌리고 있지만 사실은 김일성이라는 대주체의 발화를 중계하고 있는 것이 아닐까.

경직된 현장주의와 대주체에의 투항적 의존에 의해 창작된 작품은 그 현장과 인민까지를 소외시켜버린다. 비교적 성공한 편이라고 할 이 작품에서조차 박세영은 노파의 삶에 다가서는 것이 아니라, 단지 오스트리아 노파의 삶을 거울 삼아 조선을 들여다보는 일에만 열중하고 있다. 노파의 불행한 삶은 구체화되지 않으며, 노파의 생각과 느낌은 객체로만 남는다. 단지 박세영의 '지상낙원 공화국'과 대비되기 위해서만, 체제 선전을 위한 광고판으로서만 의미가 있다. 노파는 '천리마운동'을 모른다. 시적 화자는 '알게' 만들려는 노력을 하지 않을 뿐만 아니라 오히려 즐기기까지 한다. '아는' 조선 민중과의 대비를 위해서이다. 결국 이 노파는 자본주의에 의해서만 소외당하는 것이 아니라 박세영에 의해서도 소외당하게 된다. 그가 신봉하는바 '세계공화주의'의 이념과는 배치

되는 것이며 오히려 민족주의나 심지어 선민주의(選民主義)에 가깝다.

어쨌든 박세영이 이토록 자신만만할 수 있었던 것은 아직까지 북한의 사회체제가 제대로 작동하던 시기였기 때문이리라. 즉 이 작품이 창작된 것은 1959년이라는 점이다. 이즈음이면 북한은 전후복구에 어느 정도 성공하고, 또한 남북체제경쟁에서도 우위를 점하고 있던 시기였다. 또한 작품에서도 드러나듯이, 한국전쟁을 '미국의 침략전쟁'으로 규정지으면서 "세계 최강국과의 전쟁에서 조국을 지켜내고 그 복구에 성공했다"는 식의 자부심으로 가득 차 있었다.

박세영 시에 넘쳐흐르는 확신과 자신감은 그 시대적 배경 속에서 나오는 것이었다. 물론 한국전쟁의 기원과 책임에 대해서는 학술적 논란이 거듭되고 있지만, 당시 박세영은 '미제의 북침'을 이겨냈다는 확신 속에 있으며, 대부분의 북한 대중의 인식도 크게 다를 바 없었을 터이다. 그 끔찍한 전쟁의 책임을 외부의 침략이나 내부의 간첩에게 떠넘겨버린 채, 김일성정권은 다시 체제의 안정성을 획득하는 것이다. 그 속에서 박세영은 식민지시기 자신이 꿈꾸어오던 '이상적 조국'을 현실로 이뤄냈다는 확신을 강력하게 지니고 있는 셈이다.

박세영의 이런 판단은 물론 폐쇄된 공간과 정보 속에서 이뤄진 판단이겠다. 하지만 이런 제한이야 어느 시대 어느 인간에게나 정도의 차이가 있을 뿐 불가피한 것이다. 그렇다면 지배체제가 제공하는 정보에 의존할 수밖에 없는, 한 존재의 한계를 우리는 벗어날 수 있을까. 그러기 위해서는 어떤 노력이 필요한 것일까. 박세영을 반면교사로 삼아보자.

외국 기행시에서 그가 보여주는 인식의 방식은 외국을 통하여 조국을 발견하는 것이었다. 예컨대 조선의 노동자는 신선이요 선녀라는 진술, 그러므로 우리는 천리마운동에 더욱 매진해야 한다는 주장만 해도 외국의 노동자 노파의 눈과 입을 빌렸기 때문에 설득력을 얻게 될 터이다. 천리마운동의 정당성과 당위성은 내적 요인에 의해 설명될 때보다 외국 노파의 눈과 입에 의해 설득될 때 훨씬 효과적이다.[99]

해방 직후 이태준·이기영·한설야 등을 소련으로 내보내면서, 또는 종전 직후 박세영 등 여러 작가들을 동구권 기행을 시킨 뒤 작품을 산출하도록 하면서 북한정권이 기대했던 효과 역시 이와 비슷한 것이었을 터이다.[100] 오리엔탈리즘, 일본적 오리엔탈리즘, 민족주의 등 지배담론들의 형성 역시 이 같은 타자와의 관련에서 비롯되는 것이다. 외국 체험을 통해 박세영이 획득하게 된 조선의 우월성이라는 확신 역시 이런 맥락에서였으리라.

개별자가 보편의 이름을 발견하는 일은 매우 중요하다. 특히 그가 고난에 처했을 때라면 더욱 그렇다. 자신을 보편 속에 위치하게 할 때 그는 역사와 진리의 이름을 획득할 수 있고 고난을 헤쳐나갈 전망과 힘을 획득한다. 박세영은 한국전쟁을 통해 사회주의권의 단결과 협력이라는 보편을 발견하였고, 자본주의권 여행을 통해 그 도덕적 우월성이라는 보편을 재확인하였다. 물론 이런 인식행위는 박세영에게만 있는 일도 아니고 그 자체만으로는 비판받아야 할 소지가 크지 않다. 하지만 그 과정에서 어떤 다른 개별자가 보편의 이름 아래 고통받는 일을 외면해서는 안 될 터이다. 자신이 선택한 보편이야말로 영구불변한 보편이라고 믿을 때 사상적 동맥경화가 시작된다. 전쟁고아에 대한 인식이 매우 관념적이거나 전체주의적이라는 사실, '오지리 할머니'의 비참한 삶을 목도하면서도 오로지 자신의 체제에 대한 긍정성만을 확인하는 사실에서 우리는 박세영의 동맥경화, 시와 사고의 단성화를 지적할 수밖에 없다. 그런 경우 박세영의 보편주의는 '대내용'(對內用)이라는 수식어를 달아야 할 것이다.

위에서 보았듯이 그의 외국 기행시들은 여행지역이 자본주의권인가 사회주의권인가에 따라서 극단적 대조를 보이고 있다. 이렇게 시인들을 외국으로 내보내고 기행시를 쓰게 하고 독자들에게 널리 읽힌 북한정권의 의도는 전후복구를 위한 국민총동원체제의 강화에 있었을 터이다. 박세영 자신도 정권의 그러한 의도에 대해 전혀 거부감을 지니지 않고 있다. 그 역시 외국 체험을 통하여 북한체제의 긍정성과 정당성을 재삼 확인하는 데 그칠 뿐이다. 아무래도 시인 박세영을 위해서라면 아쉬운 대목이다. 차이를 발견하는 일을 통해 오로지 자신의 우월성만 확인하는 사람이라면 도그마에 빠질 우려가 크기 때문이다. 요컨대 타자를 통해 자기 정체성을 발견하고 확립하는 것은 당연한 노릇이되, 그 정체성이 타자와의 차이를 발견하고 나아가 타자와 자아를 동시에 억압하는 것으로 이어지는가, 아니면 타자와의 동질성과 차이를 동시에 발견하고 자아와 타자의 대화와 확대, 연대로 나아가는가에 따라 그 의미를 평가해야 할 것이다.

늘 제한된 정보 속에서 세계를 파악할 수밖에 없다 하더라도, 그 한계를 가능한 대로 돌파해나갈 수 있는 힘이란 결국 타자와의 진정 어린 대화에서 비롯되는 것이 아닐까. 다성성의 존중으로 나아가야 하는 것이 아닐까. 어떤 권력이건 거대한 이야기를 통해서 개인을 조직해나간다. 하지만 그렇게 조직될 수 없는 미세한 것들이 일상에는 존재할 수밖에 없으며, 우리는 그것들과의 진정 어린 대화를 통하여 거대한 이야기에 대해 비판적으로 이해하고 해석할 수 있는 근거를 얻게 된다. 몽골에서 만난 조선의 전쟁고아나 '오지리 할머니'를 단지 객체로서만 인식함으로써 박세영은 그 대화를 거부한 셈이고, 그 결과는 그의 해외체험 시편들에서 '공식성'으로 나타난다.

물론 박세영은 일상과 타자를 발견하고 대화하는 데로 나아가기에는 대단히 불리한 삶을 살았다는 점을 감안해야 할 것이다. 그가 감당해야 했던 우리 최근세사 속의 삶은 격동 그 자체였다. 식민지, 투쟁과 투옥, 해방, 토지개혁, 한국전쟁, 전후복구 등으로 이어지는 숨가쁜 삶 속에서 그는 작은 이야기들에 눈 돌릴 겨를이 없었을 터이다. 그는 늘 온몸으로 선택해야 했고, 대개는 고난이 예상되는 쪽을 선택했다. 현실 속에서는 아무 전망을 찾을 수 없는 상황에서 그는 관념에 의해서 전망을 만들어냈고, 그에 힘입어 일관된 세계관을 유지하면서 그에 걸맞은 선택을 해나갈 수 있었다.

그러나 전후복구기가 끝나 천리마시기로 들어가는 1958년 이후라면 북한에서 그의 삶은 안정을 찾는다. 그는 이제 북한 애국가 작사자로서 존경받는 시인이며 스스로가 하나의 문화적 권력이 된다. 그 이후에도 그가 국가권력의 거대한 이야기들을 한치의 의심도 없이 추인하고 작품으로 써냈던 일은 변명하기가 군색할 터이다. 자신이 안정적 권력의 한 축이 된 이후에도 타자와의 대화를 거부하여 단성성을 유지하고, 인민주의를 내세우면서도 인민을 객체화하는 박세영. 비판받아 마땅한 대목이다.

물론 그때 박세영은 환갑을 코앞에 두고 있었다. 그 나이에 새로운 눈을 갖는 일을 기대하기 어렵다는 점을 감안해야 하겠지만, 사람의 삶과 생각에는 관성이라는 것이 작동하게 마련이겠지만, 그렇다고 면죄부까지 줄 수 있는 것은 아니다. 김일성체제에 대한 박세영의 신뢰는 이미 화석화되었다고 볼 만큼 굳어진 것이었다. 그 신념에 의존하여 그는 설령 북한체제 내부에 다소 모순이 발견되더라도 외면할 수 있었으며 굳건히 그 조국과 수령에 대한 충정을 버리지 않았던 것으로 추정된다. 그리하여 인민주의는 쇠퇴하고, 당성에 귀속되며 단성성의 구호적 문학으로 나타나게 된다. 앞서 우리는 박세영의 애국가가 인간과 국가의 결합이었다가 김일성에 의해 국가주의 중심으로 바뀌었던 과정, 그리고 수령숭배로 나아가면서 그 애국가마저 다른 노래들로 대체되는 과정을 확인했거니와, 이 과정은 박세영의 내부에서도 거의 그대로 반복되고 있는 셈이다.

위에서 살핀 시들은 박세영의 월북 이후 작품들 중에서 비교적 성공한 편에 속한다. 그밖의 대부분의 작품들은, 북한문학이 대체로 그러하듯이, 앙상한 관념과 구호의 형해화된 모습들로 일관하고 있다. 따라서 비판의 가능성은 이 책에서 제시된 것보다 더 많다. 그는 늙마의 회고를 통해 "지금 와서도 때로는 느낌이 없이 집필하는 경우가 적지 않다. 이를 극복하는 것은 오직 현실과 친숙하며 인민 속으로 들어가는 길 하나에 달려 있다는 것을 말해야 하겠다"[101]고 반성하고 있다. 물론 이 회고에도 북한의 수령체제나 공식적 문학창작 풍토 자체에 대한 회의의 흔적은 전혀 없다. 그러나 북한에서 이런 회의를 직설하기는 불가능함을 감안하여 행간을 읽는다면, 이 반성은 그가 이런 단성성과 공식성에 대해 회의하고 있음을 어렴풋하게나마 말해주는 것일 수도 있겠다.

끝까지 숙청당하지 않은 박세영—정률의 회고

이쯤해서 다시 정률의 회고를 들어보자. 정률은 박세영에 대해 이렇게 말한다.

박세영 선생님요? 참 좋은 분이시지요. 제가 정말 존경하고 사랑하던 분입니다. 누구에게 해코지 한 번 해본 일이 없고, 누구 욕도 않고 누구와 다투지도 않는 분이지요. 술을 좋아하고 담배도 많이 피우셨지요. 노래도 잘하고 쾌활하고 말도 어찌나 많고 빠른지 늘 좌중을 압도하셨지요. 이쯤 되면 한량의 기질이 있다고 생각하겠지만, 여자만은 당신의 부인밖에 모르셨지요. 내가 보기에는 별로 미인도 아니던데. 하하하…… 여하간 부인에 대한 사랑을 읊는 시도 지어서 그 부인 앞에서 암송하기도 할 정도로 아주 부부의 정이 지극한 분이었어요.

그 극진한 사랑의 대상이었던 박세영의 부인 김숙화에 대한 일화는 이 책의 부록으로 수록한 북한소설 「산제비」에 잘 나타난다. 정률의 회고도 박세영의 유명한 건망증 이야기를 빼놓지 않는다. 그 내용은 대체로 송영의 회고와 비슷하지만 송영의 것이 더 자세하므로 이를 요약해서 소개한다.[102]

박세영은 건망증이 심했다. 약속을 하면 제 시간을 지킨 적이 거의 없었고, 때로는 아예 나타나지 않기도 했다. 물론 약속 자체를 잊어버린 탓이다. 한번은 영하 30도의 혹한에서 같이 길을 가다가 잠깐 기다리라고 해놓고는 이발소에 들어가서 영영 나오질 않았다. 기다리다 못해 들어가 보니, 밖에서 기다리고 있는 사람은 잊어버리고 태연하게 머리를 깎고 있었다. 어이없어하는 송영을 본 박세영의 말이 걸작이다. "자네가 여기 웬일인가. 자네도 머리를 깎으려는가."

그런가 하면, 함경도에 사는 박세영의 조카가 남포 사는 처녀와 결혼하게 되어서, 평양에 살고 있던 아저씨 박세영에게 남포에 들러 처녀를 결혼식장에 데리고 와달라고 한 적이 있었다고 한다. 그러나 박세영은 예의 건망증을 또 발휘한다. 결혼식 날 신부를 데리고 갈 것을 깜빡 잊고는 혼자서 태연하게 하객으로 참가했다는 것이다.

카프 검거 때 잡혀 들어간 박세영이 동지들의 이름을 끝까지 대지 않았던 것은 비교적 널리 알려진 사실이지만, 정률에 따르면, 그의 건망증과 빗대어 이런 농담까지 있었다고 한다. "박세영이 동지들의 이름을 대지 않은 것은 동지애보다는 건망증 덕분이었다." 물론 농담이겠지만 그럴 만큼 그의 건망증은 정평이 있었다.

하지만 그의 건망증은 선택적이었다. 카프 합평회[103] 날짜만은 한 번도 잊어버린 적이 없었다. 카프 조직에서 맡았던 문건들을 잊어버린 적도 없었으며, 해방 뒤에 문예총 당세포 위원장으로 일할 때도 마찬가지였다는 것이 송영의 회고이다. 물론 이러한 건망증은 창작 구상에 매달리다 보니 생기는 일이라고 송영은 말한다. 대부분의 작가들은 이렇게 생활에서의 일들을 잊는 경우가 잦다. 비단 작가뿐 아니다. 온통 한 가지 생각에 사로잡혀 있을 때 다른 일들을 잊는 것은 누구나 자주 겪는 일일 터이다. 단지 그 정도의 문제가 있을 뿐이다. 하지만 박세영의 경우는 작가들 중에서도 좀 유별난 것이라고 하겠다. 물론 그만큼 그가 자신의 작품에 대해 몰두하는 강도가 심했기 때문이리라. 박세영의 건망증이 선택적이었다는 점은 정률도 기억하고 있었다.

박세영 선생은 건망증으로 유명한 분이지요. 하지만 자기가 쓴 시만은 다 줄줄 외웠어요. 참 그렇게도 심하던 건망증이 자기 문학에는 아무 영향을 끼치지 못하는 것이었습니다. 아니, 자기 문학에 대해서만은 누구보다도 기억력이 좋은 분이었지요. 참 신기한 일이지요.

정률이 기억하는 박세영의 인간적 면모들은 이런 정도였다. 이번에는 직설적으로 물었다. 월북한 문인들이 거의 모두 숙청당하는 와중에 박세영이 끝까지 북한에서 살아남은 까닭에 대해서 필자는 늘 궁금하게 생각해왔으므로.

박세영 선생이 숙청당하지 않은 까닭이요? 그야 간단합니다. 누구와도 원수진 일이 없었으니까요. 자, 보세요. 저는 한설야하고는 원수 같은 사이였습니다. 하지만 박 선생님은 저하고도 사이가 좋았지만 한설야하고도 사이가 나쁘지 않았어요. 또 다른 어떤 사람하고도 원수가 되는 법이 없었어요. 저는 박 선생님을 존경하고 한설야 같은 사람은 버러지 같은 사람이라고 생각하지만, 막상 박세영 선생은 한설야하고도 가깝게 지냈습니다. 그러니 한설야가 주도하던 숙청에도 무사했고, 그 뒤에도 마찬가지였지요. 그리고 무슨 권력을 가지겠다는 욕심 같은 것이 없던 분입니다. 그저 순수한 정의감과, 문학과 인민을 사랑하는 마음, 그것뿐인 분이었어요.

정률의 회고는 지나치게 소박한 데가 있다. 모나지 않은 사람이라고 해서 권력투쟁의 화를 비켜갈 수 있겠는가. 게다가 박세영이 남을 비판하는 일을 하지 않았다는 말도 다소 과장이 섞여 있다. 월북 이후 그가 남긴 글에는, 북한체제 속에서 끝까지 살아남은 문인치고는 동료문인들에 대한 비판이 상당히 적은 편이긴 하지만, 임화나 이원조 등을 겨냥한 비판이 전혀 없는 것은 아니다.

물론 정률은 김일성정권에 의해 숙청당한 소련파라는 점, 또한 남한에 호의적인 인사라는 점을 생각한다면, 끝까지 북한문학의 중심부에 남아 있던 박세영을 군이 변호할 이유가 없다. 그러므로 박세영에 대한 그의 회고가 정치적 이유로 왜곡되었을 가능성은 적다. 하지만 아무래도 박세영이 북한문단에서 끝까지 살아남은 까닭에 대해서는 제대로 설명했다고 보기 어렵다. 과연 박세영의 '인간됨'만으로 숙청을 빠져나갈 수 있었을까 하는 의문이 있는데다가, 정률은 1957년 북한을 떠났으므로 그 이후의 사정에 대해서는 증언할 위치에 있지 않은 것이다. 그러나 그에게서 더 이상 들을 수 있는 말은 없었다.[104]

결국 정률의 회고는, 사태의 정곡을 꿰뚫고 있는지 의심스럽긴 해도 한 측면을 설명할 수는 있을 것이며, 박세영의 인간됨에 대한 진술은 거의 사실에 근접하는 것이라고 본다. 박세영의 문학과 다른 여러 기록들을 검토하면서 필자의 마음속에 형성된 박세영의 인간됨은 정률의 회고와 일치한다. 필자가 글을 통해서 만난 박세영과 실제로 가까이서 겪었던 정률이 만난 박세영은 일치되었던 것이다. 문학과 민중에 대한 사랑, 정의감, 낙관성. 이런 단어들이 뭉쳐 있는 어떤 인간이 있다면 그는 바로 박세영일 것이다. 적어도 해방 직후까지는 그러하다.

어쨌거나 이제 박세영에 대한 정률의 회고는 다 들어본 셈이다. 다시 문헌을 통해 월북 이후의 박세영을 간단히 살펴보기로 하자. 1946년 북조선문학예술동맹 출판부장 및 중앙상임위원을 거쳐 1948년 최고인민회의 대의원, 문예총 국가상임위원, 1961년 조국평화통일위원회 중앙위원, 1967년 작가동맹 상무위원을 지냈다. 1958년에는 천리마운동의 대표적인 노래인 「우리는 천리마 타고 달린다」를 작사했고, 1959년엔 애국가를 작사한 공로로 국기 2급훈장을 받았으며, 1965년 7월에 '공로시인' 칭호를 받았다. 1980년대까지 극작가·시인·아동문학가·작사자 등으로 활동하다가 1989년 2월 사망, 장례식은 북한의 사회장으로 치러졌다.[105]

필자가 확인할 수 있었던 월북 이후의 행적과 작품은 이런 정도이다. 물론 만족스러운 수준은 아니지만, 『조선문학』을 중심으로 몇몇 자료를 발굴했으며, 정률의 회고를 들을 수 있었던 것은 새로운 자료로서 의미 있으리라 생각한다. 송영이 박세영에 대해 회고하는 글의 제목이 「자서전에 없는 이야기」로 되어 있는 것으로 미루어, 북한에서 박세영의 자서전이 나오지 않았을까 짐작하지만 아직 구해 읽지 못했다. 또한 박세영 사후에 북한에서 나온 시리즈 영화 「민족과 운명」 중 「카프 작가편」(제34~38부)에서 그의 생애를 재조명하고 있다는데, 역시 구할 수 없었다. 남북의 교류가 계속 진전되어 이런 자료들을 볼 수 있게 되기를, 박세영의 북한 행적에 대해 더 자세히 알 수 있게 되기를 기대한다.

맺음말

이 책은 남한에서 박세영이 거의 알려져 있지 않음을 지적하면서 출발하였다. 그런데 이 같은 상황은 일반인들뿐만 아니라 전문 연구자들도 크게 다르지 않다. 부록에서 소개하듯이 박세영에 대한 남한의 연구는 매우 미흡한 편이다. 이 책 역시 몇몇 회고와 작품을 발굴했을 뿐이다. 이렇게 월북작가 중에서도 박세영에 대한 관심이 상대적으로 미약한 까닭은 무엇일까.

물론 가장 기본적인 요인은 북한의 자료를 남한에서 구해보기가 어렵다는 현실적 제약 때문일 터이다. 그러나 다른 요인들도 적지 않은 것으로 생각된다. 먼저 월북작가들이 거의 예외 없이 숙청당하는 속에서 그가 북한문단의 핵심부에 끝까지 남아 있었다는 점을 주목할 필요가 있다. 그런 면에서 박세영 연구가 부진한 까닭을 두 가지로 생각해볼 수 있다. 첫째, 북한에서 숙청당한 작가들에 대해 애정을 가진 남한의 연구자들이 많다는 점. 그들은 박세영에 대해서는 상대적으로 반감을 지니기 쉽다. 하지만 지금까지 살핀 대로 동료작가에 대한 숙청에 박세영이 적극적으로 개입한 흔적은 찾아볼 수 없었다. 게다가 그가 만일 숙청에 적극 개입했다고 하더라도 연구대상으로서 가치가 저절로 떨어지는 것이라고 할 수는 없다. 둘째, 분단 이데올로기와 관련해서 해석해볼 수 있다. 북한에서도 숙청당한 문인들을 남한에서조차 연구하지 않으면 곤란하다는 식의 논리가 납·월북작가에 대한 해금조치 초기에 적지 않게 작용했다는 점이다. 따라서 이에 해당하지 않는 박세영 같은 작가에 대한 관심이 낮았으리라는 해석이다. 물론 학문적 판단보다는 정치사회적 분위기를 더 많이 고려한 연구대상 선정이겠지만, 이러한 편향을 극복할 틈도 없이 납·월북작가에 대한 연구 열기는 이내 사그러져버렸다.

월북 이후의 행적과는 관련 없는, 좀더 본질적이라고 할 수 있는 판단이 작용했을 수도 있다. 즉 그가 남긴 작품들이 문학적 매력을 상실한 것들이기 때문에 연구대상으로 삼지 않았다는 말이다. 하지만 이 역시 문제가 있다. 우리가 이미 지니고 있는 '문학이란 이러한 것'이라는 고정관념만을 고집해서는 북한문학에 제대로 접근하기 어려울 것이다. 우리의 문학관에 비추어볼 때 북한문학은 매우 이질적이다. 작품들을 접하면서 초기의 북한문학 연구자들은 대개 두 가지 방식으로 대응했다. "북한문학은 당의 방침을 앵무새처럼 반복하는, 읽을 만한 가치가 없는 것들"이라는 식이거나, 아니면 "북한문학에도 이러이러하게 우리 문학관과 어울리는 작품도 있다"는 식이다. 그런데 이 두 가지 방식은 모두 같은 문제를 지닌다. 우리와 매우 상이한 체제 속에서 산출된 문학을 우리 식으로만 이해하는 방식이라는 점이다. 수용자로서 남한 독자/연구자의 기대지평이 고정불변의 상수가 되어버리면서, '우리'와는 다른 문학장(場)과 기대지평 속에서 산출된 작품은 타자화된다. 이럴 경우라면 북한문학은 그저 이해하기 어렵거나 수준미달이 되어버린다. 북한문학을 바라보면서 '우리'의 문학과 어떻게 다른지를 발견하고, 그 현상이 왜 나타났으며, 어떤 의미가 있을 것인지에 대한 방향으로 나아가지 않는다면 북한문학에 대한 정당한 이해는 불가능할 것이다. 이 책 역시 이 지적에서 자유롭지 못할 것임을 반성하면서, 지금까지의 논의를 정리해보기로 하자.

일제 식민치하의 우리 문인들 중 끝까지 변절하지 않을 수 있었던 사람은 극소수에 불과하다. 그중에는 붓을 꺾고 은둔 생활로 들어가 소극적 저항을 했던 이도 있고, 글쓰기와 함께 무력투쟁(이육사)이나 정치·문화투쟁(한용운·윤동주)

을 병행했던 사람도 있다. 또 김학철처럼 식민지시기에는 무력투쟁을 벌이다가 해방 이후에야 글을 쓰기 시작한 사람도 있다. 그러나 박세영은 정상급 문인으로 활약하다가 국내에서의 '글'의 투쟁에 한계를 느끼고 망명, 간도 또는 만주 등지에서 독립투쟁의 대열에 섰다는 점에서 매우 예외적이다.

그는 작품의 성취도로 보아 식민지시기 문학의 최고봉에 근접하는 것은 아니라는 판단이 지배적이며, 그렇다고 빼어난 이론가도 못 된다. 하지만 그가 정직하고 성실한 문학적 대응으로 일관했다는 점만은 평가해야 한다. 다시 말해서 자신의 문학이 실제로 당대 독자들에게 어떤 의미가 있는 것인가에 대해, 어떻게 하면 그들에게 다가설 수 있을 것인가에 대해 끊임없이 고민하고 다양하게 실험했다는 점이다. 실제로 이룬 것뿐만 아니라, 이루고자 얼마나 성실하게 고민하고 노력했는가를 동시에 평가해야 하지 않겠는가.

카프 시인으로서 박세영은 끊임없이 새로운 시도를 추구했다는 점을 기억할 만하다. 이야기가 있는 시 및 슈프레히콜 등의 실험, 대화체의 도입, 동시극(童詩劇) 등은 그 대표적인 보기였다. 이 실험들은 모두 독자와의 교감을 확대시키려는 의도를 갖는다. 이야기가 있는 시, 슈프레히 콜, 동시극, 대화체 등의 적극적인 활용은 당대 독자들의 상당수는 아직도 묵독하는 시가 아니라 낭송하는 시의 전통에 익숙해

있었다는 점을 그가 늘 염두에 두었음을 말해준다. 절대궁핍
과 높은 문맹상태에 놓였던 당대 노농계층 독자들에게 전달
될 수 있는 작품을 만들겠다는 의지가 드러나는 것이다.

　카프는 여러 노력에도 불구하고 대체로 묵독의 유한계급
독자를 상정하는 서구적 장르를 고집함으로써 노농대중과의
의사소통에 실패하지만, 일제 총독부가 당대 민중들에게 접
근했던 방식은 많이 달랐다. 지지거(芝紙居, 일본식 종이연
극)·연극·영화 등등의 연행적인 방식을 이용해서 방방곡
곡을 순회하며 대중들에게 다가갔다. 문맹자이면서 예술작
품에 돈을 지불할 능력도 없는 조선의 대중들을 염두에 둔
접근이다. 총독부 행정관료들에 비해, 카프 문인들은 수용대
상의 현실적 조건에 대한 고려가 훨씬 소홀했던 셈이다. 물
론 노농통신운동도 있었고, 후기에 가면서 연극과 영화에 주
력하는 면모를 보여주기는 하지만, 앞서 보았듯이 그들이 만
드는 연극과 영화 역시 중간층 지식인 관객들을 주된 대상으
로 삼고 있었다. 그렇다면 박세영이 개인적인 노력으로라도
노농대중의 현실을 직시하고 그들에게 다가서려는 노력을
기울였음은, 물론 제한된 성과만을 거두긴 하지만, 높이 평
가하지 않을 수 없다.

　게다가 그가 '이루고자 한 것'뿐만 아니라 '실제로 이룬
것'을 평가할 때도 '오늘 우리'의 기준만을 적용시켜서는 곤

란하다. 오늘날에는 '읽는 문학'이라는 기준이 이미 명백하게 확립된 상태이지만, 적어도 당대 민중들에게는 연행되는 구술문학이 더 압도적인 문학향유 방식이었다. 그렇다면 적어도 당대 노농대중에게 다가서는 것을 목적으로 삼았던 카프 작가들을 평가할 때만이라도 '읽는 문학'만을 기준으로 삼아서는 곤란하지 않을까. 오늘 우리의 시각에서 보아 박세영 작품의 결함들이라고 지적할 수 있는 것, 즉 시상의 평이성, 지나친 반복, 빈번한 상투어구, 형상화보다는 정론이 압도적인 점 등은 이런 사정과 주로 관련된다. 낭송을 통해 전달되는 시라면 이런 특성들은 당연한 일, 또는 장점으로 인식할 수도 있다. 이렇게 당시의 기준으로 판단할 때라면, 카프의 대표적 작가에서 박세영을 제외하는 일에 동의하기 어렵다. 오늘날까지 '읽을' 만한 가치가 있는 작품이어야 한다는 고식적인 가치기준을 버린다면 가치판단은 달라질 수 있을 것이다.

그는 카프 비해소파로 남는 등 일제 말까지 문학적 저항의 지를 굽히지 않았다. 하지만 동시에 국내에서의 문화투쟁에서 박세영은 좀더 직접적인 항일투쟁 현장에 대한 열패감을 간직하고 있었던 것으로 보인다. 그의 비타협적인 투쟁의지로 미루어 이는 거의 당연한 노릇일지도 모른다. 그러나 더이상 국내에서의 문화투쟁이 불가능해지자 그는 과감하게 다른 길을 선택했다. 국내에서의 안정된 직장과 문단내 지위를 던져버리고 국외로 망명하여 항일투쟁에 나서는 것이다. 마흔을 바라보는 나이에 이 엄청난 결단이 어떻게 가능했었는지, 어떤 힘이 그를 타고난 소시민성의 족쇄에서 풀어냈는지, 그 이후 그의 삶과 세계관은 어떤 변혁을 맞게 되었는지. 이 글에서는 이런 중요한 문제를 제대로 살피지 못했으며 좀더 많은 자료가 모인 뒤로 미룰 수밖에 없었다.

단지 그가 끊임없이 타고난 소시민성을 극복하려 애썼음을 보여주고 있음을 보면서, 또 다음에 인용하는 이찬의 회고에서 알 수 있는 그의 삶과 문학에 대한 성실성에서 막연하게나마 그 힘의 정체를 짐작해볼 수 있을 뿐이다.

내가 금춘(今春) 상경하야 그와 하룻밤을 같이 하였을 때 말이 모 전집(某全集)에 미치매 「우리가 출세를 위하야 시를 쓰는 것이 아니니까」하며 그의 다순(多順)한 얼굴에 띠우던 감개깊은 미소를 잊을 수 없다. 그렇다. 시인 세영은 출세를 위하여 문학하고 출세를 위하여 지조를 파는 어중이떠중이와는 자못 거리 먼 곳에 있다. 그는 이 땅의 수많은 유위(有爲)한 젊은 세대들과 함께 언제나 진실한 문학예술의 발전건설을 위하여 목전의 영욕에 무관할 것이다.[106]

월북 이후의 박세영에 대한 평가는 아직 이른 느낌이 있다. 정보가 지나치게 한정되어 있기 때문이다. 하지만 어차피 그 위험을 무릅쓰기로 하고 출발한 길이니 말해보기로 하자. 월북 초기나 적어도 60년대까지 박세영은 시인으로서 매우 행복한 시기였다고 할 수 있다. 자신이 그토록 열망하던 '인민을 위한 사회주의 국가'에서 그는 그 애국가를 작사하는 영광을 얻었다. 토지개혁의 현장에서는 농민과 행복한 일체감을 이룰 수 있었다. 「밀림의 역사」 등을 통해 그 사회주의 국가 건설의 핵심이었던 김일성에 대한 찬사를 바칠 수 있었다. 또한 그가 열망하던 독자와의 교감 또한 상당부분 얻어낼 수 있었다. 게다가 그는 몽골이나 오스트리아 여행을 통하여 사회주의적 연대를 확인하거나 혁명 경험을 소개할 기회도 얻는다. 염원하면서도 현실화되리라고는 상상하기 어렵던 사회를 자신과 동지적 관계에 있는 힘을 통해 이뤄내고, 자신의 이상적 독자들과 이처럼 친밀한 교감을 이뤄내는 일. 시인 치고 당대에 이만한 성공을 거둘 사람은 흔치 않을 것이다.

　하지만 박세영이 사망하던 1989년까지 그 행복이 지속되었으리라고 믿기는 어렵다. 70년대를 지나면서 남북한 경제력 격차가 역전되는 등 총동원체제에 의존하는 북한체제는 서서히 그 한계를 드러내고 있었기 때문이다. 그렇다면 이 문제를 그는 어떻게 해결하는가. 물론 좀더 많은 증거를 필요로 하는 것이지만, 박세영은 통일이라는 명제를 통해 이 문제를 해결한 듯하다.

북한에서 쓰는 시들 다수가 통일에의 염원을 다루고 있음에서 보듯이, 그리고 북한의 실명소설「산제비」에서 확인할 수 있듯이, 박세영은 통일이라는 명제에 매우 큰 집착을 보인다. 그리고 분단상황을 미국과 남한·일본에 의한 북한 포위라고 인식하면서 그 위협에서 북조선을 지켜내고 통일을 이뤄나갈 수 있는 주체로서 수령을 인정한다. 북한체제 내부의 모순이 점차 심화되고 있음을 모르지 않으면서도 끝까지 수령체제에 대한 믿음을 고수하는 까닭은, 결국 통일이라는 명제를 통해 합리화된다. 북한에서 점차 드러나고 있는 체제의 모순을 보면서도, 박세영은 이를 통일이 이뤄지지 않은 과도기상태에서는 불가피한 일이라고 판단한 듯하다.[107]

이렇게 거대한 이야기를 동원해 작은 이야기들을 무화시키는 방식을 이미 박세영은 보여준 바 있다. 전쟁고아들을 바라보면서, 또 '오지리 노파'를 바라보면서. 박세영에게 나타나는 통일의 당위성 강조 역시 이런 맥락에서 동원되는 성격이 강하다고 추정한다. 북한 자체의 모순을 남한과의 관련 속에서 무화시키는 셈이다. 분단체제란 그 속에 사는 모든 사람의 삶과 생각과 문학을 왜곡시키는 효과가 있음은 분명하지만, 그것만으로 분단된 각 체제 내부의 모든 문제를 설명할 수 있는 것이 아니다. 분단모순이 해결된다고 해서 남북한의 모든 내부적 모순이 일순간에 해소될 수도 없다. 또한 그 모순에서 소외당하고 고난에 빠졌던 수많은 사람들을 일거에 보상하고 위무할 수도 없다.

물론 통일의 당위성이나 박세영이 지녔던 통일 염원의 순수성 자체를 희석시키려는 뜻은 아니지만, 이 문제 역시 중층적으로 바라보아야 할 것이다. 하나의 목소리가 다른 모든 목소리를 진압해버릴 때 겪는 문제가 바로 북한사회의 맹점이라면, 통일이라는 명제 역시 마찬가지 기능을 했을 가능성이 크다. 거부할 수 없는 역사적 당위를 지니는 명제일수록 도그마로 전락할 위험성 또한 동시에 지니는 것이므로.[108]

1990년 벽두에는 사회주의권이 붕괴되었고, 그 직후 북한은 식량난으로 대규모 아사자를 냈다. 박세영은 그 1년 전인 1989년 사망했다. 그가 만일 살아서 북한체제의 심각한 위기를 맞았다면 어떤 판단을 하였을 것인가. 만일 그가 1990년대 이후에도 계속 수령체제의 불가피성을 고집했다면 우리는 그에 대해 또 다른 평가를 내려야 할 것이다. 하지만 그는 그 직전에 사망하였고, 따라서 우리의 해석을 결정적으로 바꿔야 할 필요는 느끼지 못한다.

그렇지만 못내 궁금하다. '나무리벌'의 풍년을 감동어린 눈으로 바라보고 노래했던 박세영이, 식량난에 시달리는 1990년대 북한을 보았더라면 어떤 반응을 보였을까. 다시 식민지시기의 궁핍으로 돌아간 북한. '인민'들이 먹고 사는 문제를 해결하지 못하는, '인민'들이 굶주려 죽어가는 사회주의 국가 북한을 어떻게 받아들였을 것인가.

보론: 박세영의 시세계
─리얼리즘과 미적 근대성을 중심으로

심선옥 세명대 강사

문제의 제기

한국 근대시문학사에서 '박세영'이란 이름은 지금도 익숙하지 않다. 1988년 정부 차원에서 납·월북문인들에 대한 해금이 실시된 이후, 그간 이름 가려진 시인으로 존재했던 정지용·김기림·임화·백석·오장환·이용악·조명희·이찬·박세영·박팔양 등이 복원되었다. 이로써 한국 근대시문학의 폭과 깊이, 그 풍요로움과 아름다움이 제자리를 찾을 수 있게 되었다.

그런데 해금된 시인들이 문학사에 복원되는 과정에서 납·월북 이후의 행적에 따라 얼마간의 차이가 나타났다. 예를 들어 강제 납북되었거나 일찍 사망한 경우, 또 자진 월북했더라도 북한의 체제에 적응하지 못하고 숙청되었던 시인들이 있는 반면에, 북한의 체제를 확립하는 데 앞장서고 그를 통해 작가로서의 기득권을 확보하였던 일군의 시인들이 있었다. 전자의 시인들에 비해 후자의 시인들에 대한 평가는 지금까지도 완전히 자유롭지 못한 것이 현실이다. 여기에는 시의 장르적 특성, 즉 시인의 의식과 작품세계 간의 동일화가 쉽게 이루어지는 점이 한 이유가 된다. 그러나 사회·정치적인 여러 상황을 떠나서 납·월북시인들의 시 세계를 온전하게 복원하고, 그 문학사적인 의미를 묻는 작업은 중요하다. 식민지와 분단이라는 한국 근대사의 격랑의 중심에 있었던 이들의 삶과 시 세계는 한국 근대시문학사의 한 특징을 체현하고 있다. 한국 근대시는 미적 근대성과 사회적 근대성의 갈등 속에서 자기 형식을 추구하고 발견해왔기 때문이다. 또한 식민지시대에 사회적 근대성의 문학적 실현은 리얼리즘과 연관되어 있었다.

식민지시대에 카프의 중앙위원을 거쳐 월북 이후 국기 2급 훈장을 수여받았을 만큼 1950년대 북한시단의 중심에 있었던 박세영의 시 세계는 사회적 근대성과 미적 근대성의 갈등과 결합, 그에 따른 시적 변화를 뚜렷하게 보여주고 있다. 이러한 문제의식을 바탕으로 이 논문에서는 박세영의 시세계를 네 시기로 나누고 각 시기에 나타난 시의 특징과 변화의 동인(動因)을 살펴보았다.

식민지 농촌 현실의 형상화

박세영은 배재고보 재학시절부터 시를 쓰기 시작하였다. 동급생인 송영과 몇몇 친구들이 모여서 회람지 『새누리』를 발간하였는데, 박세영은 시와 기행문, 수필을 주로 썼다고 한다. 당시에 쓴 글을 확인할 수는 없지만 그의 회고를 통해 글의 대략적인 내용을 짐작할 수 있다.

> 적으나마 내가 배운 지식, 내가 본 조국강산, 내가 느낀 불합리한 사회, 이 모든 것이 호소의 의미를 띠면서 담기였다. 즉 산에 올라도 산은 조선 소년의 기개를 안으라 속삭이는 듯, 들에 가도 가난한 농사꾼을 잊지 말라 외쳐주는 듯, 흘러가는 강물도 세월은 무정하게 흘러가나 소년아 조국을 잊지 말라 절하고 가는 듯 이런 감정을 작문에 담기에 애썼다.[109]

이 회고는 박세영이 월북한 뒤에 쓴 것으로, 애국주의를 강조하던 1960년대 북한문학의 영향이 적지 않게 나타난다. 그 점을 감안하더라도, 그가 문학수업 시절에 지녔던 문학관과 현실의식의 윤곽을 짐작할 수 있다. 배재고보 시절부터 박세영은, 문학이 현실에 바탕을 두어야 한다는 현실참여의식과 식민지 민중으로서의 자각을 뚜렷하게 지니고 있었다.

이러한 현실의식과 문학관은 그의 시 세계 전반을 통해 일관되게 드러나고 있다.

박세영은 1927년 1월 『문예시대』에 「농부 아들의 탄식」 외 세 편의 시를 발표하면서, 시인으로서 본격적인 활동을 시작하였다.

(……)

아무것도 몰낫든나는 뉘우치다
철업는 나는 우리건만 알엇더니
이는 모도다 헛일이엇다
나는 조와 날쮜엇더니
이는 쑴갓튼 일이엇다

아버지는 멧해이나
이짓을 하엿노?
길너주기만하는 헷일을 하엿노
어느날은 동무들과 노래부르며
덜건너 져 언덕으로 갓슬째
그곳에는 우리먹는 쌀이삭이
누런 터벌개 꼬리갓치

흔들고들만 잇섯다

山기슭으로 더 올나갈젠
버레먹은 입사귀에
馬鈴薯는 해도못보고 잘아
나는 서름에 울엇다
우리먹는 糧食조차

나는 한숨지우고 울다
일하기에 늙은 아버지가
얼마나 속이탓든 것을
깁히깁히 알아오니
나는 한숨(지―인용자)어 울엇다

넓은덜은 黃金의 나락으로
옷은 입엇다 한갇갓치 옷은 입엇다
平和로운 幸福의 덜이 되엿건만
그속에는 반듯이
피눈물이 덜우에 써러지고
쉴사이업시 歎息, 怨忙, 咀呪는
바람이 되야

펄펄 부러오고 감을 알다
나는 알엇다.

나는 마음먹엇다
이다음날이 올젠
져런 헷일을낭 안이하리라고
그새도 이러케 금빗 물결이 칠새는
우리의 가삼속까지
깃브고 보드럽게 흘너올
우리들의 질거운 째를지으리라
豊饒의 노래를 실컷 부르리라

넓은 덜에 滿足은 차서
우리들의 피쌈이
生命의 거름이되는
그째를 맛보리라 가지리라
大地여! 나는 농부의 아들이다
沒落한 농부의 아들이다

지금의 우리는
피눈물을 헛되히 말이고 있다

아버지는 괴로움에 늙어버리고

아— 설어라

버레와 새쎼가 몰여잇서도

누가보아주는이 업는

우리의 糧食은

저 강마른 언덕에 잇다

그러나 익어가고잇다

• 「농부 아들의 탄식」[110] 일부

이 시는 시적 화자인 '농부 아들'의 탄식과 깨달음을 사실적인 문체로 그려내고 있다. 전체적으로는 관습적인 비유(황금의 나락, 행복의 들, 금빛 물결, 풍요의 노래, 생명의 거름)가 많이 나타나지만 "누런 터벌개 쏘리", "강마른 언덕"과 같은 사실적인 비유가 시의 리얼리티를 높이고 있다. '농부 아들'은 황금빛의 풍요로운 들판을 보며, 그곳이 행복의 들판이 아니라 늙은 아버지의 피눈물과 탄식으로 가득한 곳임을 깨닫는다. 그리고 깊은 한숨과 설움과 원망 속에서 다짐한다, 이 다음날에는 즐겁고 풍요로운 수확의 때를 가지리라고. 이 시에는 가난한 선비의 셋째 아들로 태어나 궁핍한 생활을 하였던 시인 자신의 경험이 녹아 있으며, 그런 까닭에 시적 화자인 "몰락한 농부의 아들"과 '몰락한 선비의 아들'인 시인은 쉽게 동일화된다.

그런데 이 시에서 주목할 것은 수탈당하는 식민지 농촌의 현실을 바라보는 박세영의 시각이다. 그는 수탈의 문제, 즉 제국주의와 식민지의 문제에 초점을 맞추지 않는다. 이 시의 핵심적인 시어는 '헛일'이다. "이는 모도다 헛일이었다", "길너주기만 하는 헷일을 하였노", "져런 헷일을낭 안이하리라고", "피눈물을 헛되히 말이고 있다"와 같이 '헛일'이란 시어가 반복해서 나타난다. 실제로 '농부의 아들'이 탄식하는 까닭은 "우리들의 피쌈이/생명의 거름이 되"지 못하고 '헛일'이 되어버리는 현실에 있다. 이는 제국주의의 식민지 수탈이라는 문제를 넘어서, 땀 흘려 일한 사람이 정당한 노동의 대가를 얻지 못하는 정의롭지 않은 상태를 문제 삼는 것이다. 이러한 시인의 의식은 근대적 합리주의와 유교적인 도의(道義)관이 결합된 의식이다. 조선조 말엽의 선비였던 아버지와 열두 살부터 서당에서 한문을 배웠던 경험이 그의 의식의 지반을 형성하고 있음을 보여준다.

박세영은 1928년부터 경기도 고양군 은평면에 내려가서 은평사립학교의 학생들을 가르치고, 또 지역의 농민조합을 지도하는 일을 하였다. 시 「타적」에는 당시의 경험이 반영되어 있다.

「네그로」를 흉보든이들이
어느사이에 그들과 가티 되여서
지금은 들, 이삭이곤두슨 들에서
훌륭한 人間의 野外劇을 보여주는구나

절늠바리의 거름과가튼 이가을은
그래도 모든 穀食을 염을이고 가는가
울타리와 집웅엔 파란박이 굴늘듯이 노엿드니만
굴너갓는가 터저서 ×〔피〕가 됏는가
지금은 집웅조차 쌜간물이 들엇네.

길길이자란 수수ㅅ대는 이가을이 다 ― 가도록
기럭이를 불넛스나 한놈도 안와서
얼골을 붉켯네 왼몸이 피에쯸엇네
슬타못하야 기럭이도 못만나보고 주인에게 잘니고 말어
가을은 절늠바리로 왔다가만 가버리나

세상엔 ×××〔낮도적〕이 생겨 세상을 오루리며
기름진쌍을 푹푹쩔넌나 쌍의심장은 터지고
고루고루 ××〔뺏긴〕 쌍을물들여 가니
그리고 등성이에서 들로 점점 기여나오는구나

나종에는 농부의 마음에 기여들여고

우리의 눈동자를 토막내려는
산이여 들이여
일홈업는 꼿이여 그리고 野菊이여
너이들의 野性을 우리는 길듸릴사이조차 살림에 ××〔빼
앗〕기여
압마당 뒤뜰에 쏫피는 화초들까지
올에는 들꼿이 돼갓나뵈 들꼿이여
슯다는 마르라
래일에는 마을의개조차 늑대가 될(지―인용자)모르니

잠간동안 들은 금을 퍼논것갓더니
강말나쌔진 농부에게 주는 량식처럼,
지금은 거더드리여 갈갈이 찌저내는구나
우리의농부여 허제비는 그대로두라
우리들의 쏠이 잡바지려는 허제비쏠이나 무에 다르랴

타적이 다 ― 맛기전에
다시한번 한울탓이나 하엿네 입과입들은,
그러나 곱다란마당 ― 베한톨안남께 쓰러갓슬째

한울탓은 니젓네 모다 니저버렷네

오 ─ 해마다 오는 가을이여
언제나 절늠바리로만 왓다가려는가
이해가 다 ─ 가서 래년이 올젠
우리들의맘까지 ××〔비수〕에 썰는 쌍가티 되려나뵈
되고야 말냐나뵈
　•「타적」[111] 전문

　'타적(타작)'은 수확의 현장이면서, 동시에 수탈이 직접적
으로 이루어지는 현장이다. 타작마당은 식민지 농촌의 모순
과 갈등이 가장 첨예하게 드러나는 공간인 것이다. 그런 까
닭에 타작이 시작되기 전부터 벌써 들판에는 팽팽한 긴장이
감돈다. 2~4연에 나타난 "쌜간 물이 든 집웅", "왼몸이 피
에 쓸는 수숫대", "터진 쌍의 심장" 등의 형상은 붉은 색의
이미지를 반복하여 사용함으로써 긴장감을 고조시킨다. 또
한 '터지다, 끓다, 잘리다, 찌르다, 토막내다, 찢어내다' 등의
격한 행동을 표현하는 시어들이 강렬한 정서적인 효과를 불
러일으키고 있다. 5연에서 "들꽃이 되어버린 화초, 늑대가
되어 가는 개"의 형상은 피폐해진 농촌의 현실을 보여줄 뿐
아니라, 들꽃과 늑대의 길들여지지 않는 야성(野性)이 수탈

에 저항하는 동력으로 전환되기를 기대하는 시인의 마음이 상징적으로 표현된 것이다. 타작이 끝난 뒤 "곱다란 마당— 베한톨안남께 쓰러갓슬째" 시적 화자의 분노와 저항은 절정에 달한다(1956년 7월에 출판된 『박세영시선집』에는 이 시의 마지막 행 "되고야 말냐나뵈"가 "타는 가슴에 폭풍이 일려나 뵈"로 바뀌어 있다).

「농부 아들의 탄식」과 「타적」은 시의 현실 연관성을 중시하는 리얼리즘 계열에 속한다. 두 작품은 시의 리얼리티를 높이기 위해 사실적인 비유나 문체뿐 아니라 시의 장르적 특성인 독창적인 비유와 상상력, 이미지를 활용함으로써 현실의 생생한 리얼리티를 포착하고 있다. 특히 「타적」은 「농부 아들의 탄식」에 비해 시적 형상화의 측면에서 눈에 띄게 성숙되었다. 붉은 색의 색채 이미지가 작품에 통일성을 부여하고, 주제를 효과적으로 부각시키고 있다. 관습적인 비유가 확연히 줄어들고 '피에 끓는 수숫대', '터진 땅의 심장', '토막내는 눈동자', '비수에 찔린 땅'과 같은 강렬하고 독창적인 시적 비유가 나타난다. 그리고 현실 의식의 측면에서 볼 때에도, 「농부 아들의 탄식」이 수탈당하는 농촌 현실에 대한 자각과 '탄식'에 초점을 맞춘 작품이라면, 「타적」은 농민들의 분노와 저항을 폭발시키는 데 주력한 작품이다. 「타적」에서 묘사된 자연 현상들은 모두 일촉즉발의 긴장과 저항감으로 충전되어 있다. 노예와 같은 삶이 계속되고 결실의 수확조차 낮 도적에게 빼앗겼을 때, 농민들의 분노는 피 끓는 결의와 저항으로 폭발하게 된다. 이러한 시적 형상화와 현실 의식의 차이는, 「농부 아들의 탄식」이 소년을 시적 화자로 설정한 것과 달리 「타적」의 시적 화자가 각성된 농민이라는 점에서도 구체화되어서 나타난다.

또한 「농부 아들의 탄식」과 「타적」에는 어떤 지속성이 발견된다. 「농부 아들의 탄식」의 '헛일'과 같은 의식이 「타적」에도 나타나는데, '절늠바리'의 반복과 강조가 그것이다. "절늠바리의 거름과가튼 이가을", "가을은 절늠바리로 왔다 가만 가버리나", "언제나 절늠바리로만 왔다가려는가" 등과 같이 시인은 식민지 농촌의 현실을 '절름발이'의 형상을 통해 비정상적인 현실을 비판적으로 인식·고발하고 있다. 이는 「농부 아들의 탄식」에 나타난 의식 — 근대적 합리주의와 유교적 도의관이 절충된 형태의 의식이 「타적」에도 이어지고 있음을 보여준다. 박세영의 현실 비판의식은 궁극적으로 온전치 못함, 정상적이지 않은 것에 대한 거부에 있었던 것이다. 이와 같이 박세영의 초기 시는 인간 본연의 정의로움과 정상적인 상태를 옹호하는 의식이 중심을 형성하고 있으며, 그 의식은 작품의 심미적인 지향과 조화를 이루고 있다.

계급의식과 변혁운동의 형상화

1930년을 전후하여 박세영의 시 세계는 확연히 변화한다. 우선 시의 공간적인 배경이 농촌에서 도시로, 또 공장으로 바뀐다. 그에 따라서 초기 시에서 보여준 자연에 대한 생동감 있는 묘사, 자연과 인간 정서의 교감(交感) 등의 특징은 약화된다. 반면, 1930년대 초반의 시에서는 도시의 공장노동자들이 계급의식을 각성하고, 자본가의 착취에 맞서 혁명적 노동운동에 투신하는 모습이 부각된다. 작품의 현실연관성이 강조되는 것도 이 시기의 두드러진 점이다.

박세영의 시에 나타난 이러한 변화는 카프의 변화와 맞물려 있다. 카프는 1927년의 1차 방향전환에 이어 1930년 2차 방향전환을 시도하였다. 김기진과 박영희가 주도했던 1차 방향전환은 예술운동의 대중화를 목표로 하였다. 2차 방향전환에서는 임화·안막·권환 등이 예술운동의 볼셰비키화를 주장하였으며, 이를 실천하기 위한 방안으로서 작품의 내용과 제재, 형식에 대한 창작지침과 작품의 대중화방안을 명시적으로 공포하고 있다. 마르크스주의 이데올로기와 혁명적 프롤레타리아트의 사상을 작품의 내용으로 하고, 대공장의 스트라이크와 소작쟁의를 제재로 삼으며, 이를 통해 혁명적 전위의 형상을 창조하고, 프롤레타리아트의 국제적 연대심을 환기하는 작품을 창작할 것과 같은 세부적인 창작지침이 마련되었다. 이에 덧붙여 현실의 실화(實話)적 재료를 창작의 재료로 사용함으로써 노동자·농민의 공감을 이끌어내고, 선전효과를 극대화시킬 것을 권유하고 있다. 카프의 2차 방향전환은 조직의 개편도 수반하였다. 1930년 4월에 조선지광사에서 열린 카프 중앙위원회는 중앙위원의 보선, 회칙 개정, 조직개편 등을 논의하였다. 당시의 조직개편 과정에서 박세영은 송영·홍양식·신응식과 함께 서기국의 책임자로 선출되었다.

이러한 카프의 변화 및 카프 조직 내에서 박세영의 위상 변화가 이 시기에 창작된 그의 시에 반영되어 있다. 변화의 시작은, 1930년 8월에 일어났던 평양 고무공장 총파업에 보내는 시 「야습」에서부터 나타난다. 평양 고무공장 총파업은 1930년 8월 6일부터 9월 4일까지 한 달 동안 평양의 고무공장들이 전부 참가하였던 대규모의 시위였다. 여성 노동자들이 연일 공장을 습격, 점령한 뒤 요구사항(임금 인하 취소, 부정한 불량품 검사 축출 등)을 주장하며 공장주와 일본 경찰과 대치하였다. 결국 기마경찰까지 동원하여 파업을 해산하였으며 이 과정에서 60~70명의 노동자가 검거되었던 사건이다.

우리는 오늘밤을
어떻게 그대로 보낼 수 있으랴
우리들의 공장을 전취하련다
이밤에 우리가 간다고
누가 우리를 비겁하다 하겠느냐

늬들이 하는 꼴
이제는 더 참을 수 없다.
우리들의 피를 더 끓이고는 못 견디겠다.
　•「야습」 일부

　2년 뒤에 창작된 「산골의 공장」은 서울 창의문 밖 부암동에 있는 모피공장에서 실제로 일어났던 노동쟁의를 제재로한 작품이다.

굴둑도업는 工場
밤낮 문이 닷처잇는 工場
工場이랄가 ○○○○○이랄가
여보서요말이안나요
아츰이면여섯시 밤이면 아홉시
들고날제 처다보면 별과달밧게

해라고는 보지도 못하엿지요

이工場은 털구뎅이
노루털 개털 사슴털 톡기털을 조각쓰는
山ㅅ골의 털工場임니다
우리들의 몸에선 짐승내가나고
얼굴은 황단이 들엇슴니다

(……)

여보서요 七年이 되어 삭전이 오전이올앗드니
이번에는 七年전의 삭전대로 준다지요
그것도 갑절이나 올낫다면 모르지만
오전을 올리고 도루깍는이의 심사는
그래 올탄말임닛가
우리들은 이소리를 듯고 일을집어치우고
모두 이러나서 밤낮닷처만잇든 그工場 문을 열어잿드럿
슴니다
그러나 이것이 무슨×라고
우리를 이러케 ○○○ ○○○
○○○ ○○○ 올탄말임닛가

別莊가튼 쥔의집에선 라듸오 소리가 흘너나오고
아가씨는 꼿을한묵금가주고 자동차를 타러 나갈재

여보서요 어듸 분하여 ×수가잇슴닛가
우리는 도라왓스나 가슴이 미어짐니다

잇흔날도 어느××기하나 돌바주는이업시
우리는 ○○○과 벗틔고 ××슴니다.
그러자 ○○○의 兄弟들은쏘차왓슴니다
우리의 소식을 듯고 이 山ㅅ골작이로
그리하야 우리는 힘을모아 ○○○ 슴니다

우리는 깃버서 눈물이남니다
우리들을위하야 밤낫으로애써주는
노○○ ○○ 兄弟들의 쓰거운마음씨에
그리하야 우리들 오십명은
(以下 略)
(……)
• 「산골의 공장―엇던여공의고백」[112] 일부

시의 전반부에는 열악한 노동현장―아침 여섯 시에서 저

녁 아홉 시까지 열다섯 시간의 노동, 털 구덩이 공장에서 굴뚝도 없이 밤낮 문을 닫은 채 짐승 냄새와 황달에 찌들어 사는 여공들의 모습이 사실적으로 묘사되어 있다. 그리고 파업의 직접적인 계기가 된 저임금과 임금 삭감 문제가 제시된다. 이어지는 노동쟁의와 탄압, 구금(拘禁). 시인은 여공들의 생활과 공장주 가족들(특히 여공들과 동년배인 주인 아가씨)의 화려한 생활을 대비시킴으로써, 노동자계급과 자본가계급의 대립을 선명하게 부각시키고 있다. 시의 후반부는, 산골짜기까지 여공들의 파업을 지원하러 온 노동자·농민 형제들과의 감격적인 연대를 그려낸다.

이 시는 예술운동의 볼셰비키화에서 주장한 창작지침을 적극적으로 수용하여 하나의 창작방법으로 완성시킨 작품이다. 즉 계급적인 관점에서 자본가와 노동자의 대립을 폭로하고, 자본가의 착취에 맞서 싸우는 노동쟁의의 역사적인 필연성을 강조하며, 혁명적 노동운동에 앞장서는 전위의 형상을 창조하고, 노동자계급의 연대를 부각시키는 내용이 순차적으로 제시되고 있다. 그리고 이러한 내용을, 당시에 실제로 일어났던 사건을 제재로 하여 사실적으로 표현하였다. 「산골의 공장」에서 보듯이, 시의 형식적·심미적 특성보다 실제 일어난 사건의 충실한 기록과 혁명적 노동운동의 이데올로기를 부각시키는 데 초점을 맞춘 것이 이 시기 박세영 시의 특징이다. 이러한 시적 특징은, 작품의 공간적인 배경을 농촌으로 옮겨서 선진적인 농민운동가의 형상을 그릴 때에도 동일하게 나타나고 있다.

밤마닥 오는사람
하루종일 들에서 일하는 그사람
거머리에 뜯기고 배암에 물리고
나종에는 지주에게 모조리 뜯기는
ㅌㅅ갓튼 그사람과
하로라도 못만나면 섭섭하고나

그러케도 큰몸이
그러케도 말랏고
그러케도 부즈런하고 조흔 사람이
그러케도 가난하고 소가튼 신세에 억매여
가슴은 죄뜻고 입을 악물며 이날을 보내는구나

내게 올쌔마닥
강판 가튼 그의 손
슬린더 가튼 팔쑥을 내저어 악수를 하였지
약속한 이 밤에 그는 왜 안오는가

달조차 업는 또랑물소리만 쉴새업는 이밤에

아마도 어제ㅅ비에 내ㅅ물이 부러

못오는것이나 아닐까

그러나 느진밤

들창박게서

내일홈 불르는소리

이는 정녕 그사람이엿다

내가 말하기도 전에

동무의 말은 잘알엇다

멧칠 안남은 메―데에

우리들 농민조합은 데―모를 하고야 말겟다는 말을

이리하여 우리들은 밤을 새우며 쎄라를 박는다

그날의 읍내를 련상해 가면서

지금쯤은 넙적다리까지 거더제치고

내ㅅ물을 또 건너갈터이지

아 ― 밤마닥 오는 그사람 우리의 동무

이번 첫일에 승리를 맹세하자

• 「밤마닥 오는 사람」 전문

이 시는 먼저 착취당하는 소작농의 현실을 사실적으로 묘사하고, 지주와 소작농의 계급적인 대립을 폭로한 뒤, 혁명적 농민운동의 전위로 성장해가는 농민운동가의 전형을 창조해내고 있다. 그리고 시인 자신으로 대변되는 혁명적 인텔리겐치아와 농민운동가의 연대를 통해 미래의 승리를 전망하는 것으로 끝맺고 있다.

1~2연은 가난하고 수탈당하는 소작농의 현실—하루종일 들에서 거머리에 뜯기고 뱀에 물리면서 일하지만 지주에게 수확한 것을 모두 빼앗기고 마는 암담한 현실이 제시되어 있다. 그 속에서 가슴을 쥐어뜯고 입을 악물며 버티는 '그 사람'의 모습은 「농부 아들의 탄식」이나 「타적」의 상황과 비슷하다. 그런데 3연에 오면 '그 사람'의 형상이 변화한다. 비록 지주에게 착취당하는 소작농이지만, 힘겨운 노동 속에서 단련된 "강판 가튼" 손과 "슬린더 가튼 팔뚝"을 가진 그는 거인과 같이 우뚝 선 모습으로 시인에게 다가온다. 이 시에 생기를 불어넣는 구절은 어두운 밤을 틈타 불어난 냇물을 "넙적 다리까지 거더제치고" 오가면서 메이데이 투쟁을 준비하는 농민운동가의 모습이다. 그것은 바로 변혁 운동을 이끌어나가는 혁명적 전위의 모습이며, 미래의 이상을 현실 속에서 실천해나가는 역사 주체의 모습이다. 실제로 이 시의 주인공은 박세영이 은평사립학교에 재직할 때 사귄 사람으로서, 지

역의 농민조합을 만드는 데 선두에 섰던 농민운동가라고 한다. 그리고 작품의 배경이 되는 메이데이 기념투쟁도 당시 은평면에서 일어났던 사건을 제재로 삼은 것이다(이 시는 창작 당시에는 그 내용상 발표되지 못하였다가 해방 후에 발표되었다).

이 시기 박세영은 식민지 지식인들을 향해 프롤레타리아 계급으로의 의식적인 전환을 촉구하는 시를 창작하였다.

> 누나!
> 十年을 공부하고 나온 몸이라
> 언제나 重患者와 가튼 女工들을 볼때는
> 개나 가치 생각하지 안엇수 만은
> 누나도 사흘 굶고 工場에로 안나스샛수
> 그런데 ×들은 누나가 늙엇다고 拒絶을 하지안엇수
> 나희 三十이 넘은 누나가 늙엇다는 것은
> 자본주의 시대의 솔직한 말이 아니유
> ×들은 조금이라도 우리의 힘을 더 ××슬 생각박게
>
> 누나!
> 그러면서도 또 무슨 생각을 하시유
> 인제는 北平으로 가버린 男便도 기다릴게 없수

그저 새생각을 먹고 나스시유

　　다른 工場에라도 가보시유

　　그래 가튼 女工의 ××〔전위〕가 되야

　　우리들의 ××〔이익〕을 위하야 ××〔싸워〕 나갑시다

　　•「누나」(1931)[113] 일부

　이 시는 시인의 친누나인 박숙원이 인텔리임에도 불구하고 가난에 몰려서 공장의 여공으로 들어가기로 결심했을 때, 그녀를 격려하기 위해서 쓰여졌다고 한다. 시인은 누나에게 룸펜 인텔리겐치아의 허식적인 생활을 청산하고, 노동자계급의 전위가 되어 자본주의에 대항하는 싸움에 앞장설 것을 촉구한다. 이러한 시의 메시지는, 작품의 실질적 청자(聽者)인 '누나'를 포함하여, 당대의 지식인 전체를 대상으로 삼고 있다. 여기서 흥미로운 것은 프롤레타리아 계급으로의 의식적인 전환이 필요한 지식인 집단에서 박세영 자신은 제외되어 있다는 점이다. 「산골의 공장」과 「밤마다 오는 사람」에서 표현되었듯이, 그는 자신의 계급적인 위상을 노동자·농민 계급과 연대하는 혁명적 인텔리겐치아로 규정하고 있다. 1930년대 초반에 창작된 박세영의 시들은 카프가 예술운동의 볼셰비키화에서 주장한 창작지침을 적극적으로 수용하고 있다.

그에게 카프는 변혁운동을 추동(推動)하고 실현하기 위한 조직적 구심체였으며, 역사의 발전 법칙과 카프의 조직 노선, 개인의 실천(변혁운동과 문예운동이 포함된)은 하나로 결합되어 있었다. 따라서 문학은 현실의 변혁운동에 복무하는 도구로서 존재하였으며, 카프의 창작지침은 현실을 인식하고 표현하는 유일하게 옳은 관점이며 방법이 되었다.

이러한 역사 결정론적인 의식과 도구적인 문학관은, 그의 시에서 사회적 근대성과 미적 근대성을 분리하고 미적 근대성을 사회적 근대성에 종속시키는 결과로 나타났다. 이것은 사회적 근대성과 미적 근대성을 매개하는 역할로서, 문학 장르와 형식에 대한 인식이 배제되는 것을 뜻한다. 실제로 이 시기 박세영의 시는 장르적 특수성에 대한 고려보다 현실의 충실한 재현을 통해 리얼리티를 확보하는 데 초점을 맞추고 있다. 그러나 미적 근대성의 한 실천으로서 문학 장르의 자율성에 대한 인식은, 현실에 대한 주체적인 인식과 자기성찰의 바탕이 되기 때문에 필요한 것이다. 시의 장르적·형식적 특성이 결여된 리얼리티는 오히려 현실의 생생한 리얼리티를 떨어뜨리고 내용과 형식의 일률화를 초래할 수 있다. 이러한 문제는 이 시기에 창작된 박세영의 시에서도 직설적 표현, 관념적 선언의 노출, 시적 형상화의 배제 등과 같은 한계를 드러내고 있다.

혁명적 낭만주의의 구현

카프의 변화가 박세영의 시 세계에 변화를 초래한 것처럼, 카프의 해산 또한 그의 시를 변화시키는 계기가 되었다. 카프의 해산이 논의되던 무렵에 창작된 시를 통해, 당시 그의 심경을 짐작할 수 있다.

(······)

나의 동무여! 늬들은 탈주병도 아니었마는
한번들가선 소식이 없구나
아 ― 문허진 참호를 내혼자보게되다니 ―

나는 다만 부상병같이, 다리를 껄며
지금은 폐허가된 어지러운 싸움터를 헤매이며, 전우를
찾기나하듯 ―
그리하야 허무러진 이터를 싸으며
나는 늬들이 오기를 기둘르겠다.
늬들이 올 때까지 지키고야 말겠다.
• 「화문보로 가린 이층」 일부

이 시는 카프 해산의 한 계기가 되었던 극단 '신건설사'의 연습장을 지나면서 느낀 시인의 감회를 쓴 것이다. 신건설사 사건은 1933년 말에 신건설사가 전주에서 지방공연을 하던 중에 모종의 선전 삐라가 발견된 것을 계기로 일본 경찰이 검거를 시작하여, 1934년 5월부터 1년여 동안 카프 간부 23명이 검거 및 기소되었던 사건이다. 이들 중에서 박영희·이기영·한설야·윤기정 등 4명이 실형을 선고받았다가 항소심에서 집행유예로 풀려났다. 신건설사사건은 우연찮은 사건이 확대된 것으로, 카프에 대한 일본 경찰의 전면적인 탄압이 시작되는 계기를 만들어주었다.

신건설사의 단원들이 구속되고 극단이 해체되어버린 지금, 박세영은 연건동에 있는 신건설사의 연습장을 지나다가 그곳이 어느 신혼부부의 집으로 변해 있는 것을 보았다. 꽃무늬 커튼이 드리워진 창문을 올려다보면서, 지난날 그곳에 젊은이들이 모여서 우렁차게 혁명의 열정을 토하던 때를 회상하고 비통한 기분에 잠긴다. 하지만 곧이어 시인의 가슴은 감옥에서 고생하고 있을 동지들과 함께 혁명의 이상을 저버리지 않고 끝까지 무너진 싸움터를 지키고야 말겠다는 굳은 결의로 충만해진다.

그러나 현실의 상황은 박세영의 결심과 다른 방향으로 진행되어갔다. 1935년 5월에 카프의 지도부는 경찰당국에 자진 해산계를 제출하였다. 카프의 갑작스런 해산은, 감옥에간 동지들과 자신의 이상(理想)을 지키기 위해 끝까지 카프의 '비해소파'로 남아 있었던 박세영에게 적지 않은 충격을 주었다.

이 무렵 박세영의 시에는, 어려운 현실 속에서도 이상을 포기하지 않고 강고한 의지로 맞서 싸우다가 죽음에 이르게 되는 비극적인 영웅의 형상이 자주 나타난다. 「甘菊」, 「젊은 웅변가」, 「최후에 온 소식」, 「하랄의 용사」 등이 그러한 작품들이다.

혁명을 향한 열정과 이상에도 불구하고, 박세영의 현실생활은 매우 궁핍한 상태를 벗어나지 못하였다. 아래의 글은 당시 그의 생활과 모습을 잘 보여준다.

君(박세영―인용자)이 늙으신 부모님을 모시고 단칸 셋방에 전전하면서도 義氣不合하다고 그 職을 헌신짝같이 버리는 것을 볼 때에 그 志氣 淸高함을 탄복하였거니와 君은 또한 情의 人이오 義의 人이다. 年前 어느 친우의 병문안을 갔다가 그 생활이 하도 말이 아니기에 주머니를 털었으나 자기 역시 無一錢함을 깨닫고 슬며시 나가서 외투를 잡혀다가 주고 왔다는 것은 傳信으로 들은 말이나 그는 그만큼 우정에 깊은 사람이오 友義를 저버리지 않는 사람이다.[114]

박아지의 이 글을 통해, 가난하면서도 지조와 인정을 잃지
않는 박세영의 풍모를 엿볼 수 있다. 이 무렵 박세영은 가난
을 못 이겨 충청북도 보은에 있는 동창생 박린서를 찾아갔다
고 한다. 그러나 막상 돈 이야기는 꺼내보지도 못한 채 친구
의 권유로 속리산을 구경하고 돌아왔다. 이 속리산 기행의 인
상이 후에 「산제비」와 「은폭동」을 창작하는 계기가 되었다.

　　南國에서 왔나
　　北國에서 왔나
　　世上에도 上上峰
　　더 오를수 없는곳에 깃드린 제비

　　너이야말로 自由의 化身 같고나
　　너이몸을 붓드를者 누구냐
　　너이몸에 아른체할者 누구냐
　　너이야 말로 하눌이 네것이요 大地가 네것같구나

　　綠豆만한 눈알로 天下를 내려다보고
　　주먹만한 네몸으로 화살같이 하눌을 꿰여
　　魔術師의 채쭉같이 가로세로 휘도는 山꼭대기 제비야 너
　는 壯하고나

하로아츰 하로낮을 허덕이고 올라와

天下를 내려다보고 느끼는 나를 웃어다오

나는 차라리 너이들같이 나래라도 펴보고 싶고나

한숨에 내닷고 한숨에 솟치여

더 날을수없이 神秘한 너이같이 돼보고 싶고나

槍을 꼬진듯 희디흰 바위에아츰 붉은해ㅅ발이 빛일제

너이는 그 꼭대기에앉어 깃을 가다듬을것이요

山의 精氣가 뭉게뭉게 피여올을제

너이는 마음것 마시고 마음것 휘정거리며 씻을것이요

原始林에서 흘러나오는 世上의 秘密을 모조리 드를것

이다

뫼ㅅ돼지가 붉은흙을 파헷칠제

너이는 별에 날러볼 생각을할것이요

갈범이 배를 채우려 약한짐승을 노리며 어슬렁 거릴제

너이는 人間의 서글픈 소식을 傳하는

이나라에서 저나라로 알여주는

千里鳥일것이다.

山제비야 날러라

화살같이 날러라
구름을 휘정거리고
안개를 헷처라

땅이 거북등같이 갈러젓다
날러라 너이들은 날러라
그리하야 가난한 農民을위하야
구름을 모아는 못올까
날너라 빙빙 가로세로 솟치고 내닷고
구름을 꼬리에 달고 오라

山제비야 날러라
화살같이 날러라
구름을 헷치고
안개를 헤치라
•「산제비」 전문

　「산제비」는 박세영의 시 세계에서 단연 대표작으로 꼽힌
다. 그가 시작(詩作) 10년을 결산하여 1938년에 발간한 첫
시집의 제목도 『산제비』였다. 그러면 「산제비」의 어떤 점이
이전의 작품들과 다른 것일까.

「산제비」는 시의 언어와 리듬, 비유와 상징, 문체와 형식 면에서 독창성과 다양함을 보여준다. 먼저 '산제비'와 시적 화자의 관계 및 '산제비'의 상징적인 의미가 변화함에 따라 시의 문체와 리듬이 변화하는 것을 들 수 있다. 산제비의 기상(氣像)을 묘사한 시의 전반부(1~6연)는 서술체이며, 산제비에게 시인의 염원을 투사한 후반부(7~9연)는 간결한 운문체로 변화한다.

시의 전반부에서 시적 화자인 '나'와 산제비는 대비(對比)적인 관계에 놓여 있다. "자유의 화신"이며 장엄하고 신비로운 면모를 지닌 산제비는 이상의 객관적 상관물로 존재한다. 현실적인 한계상황에 놓여 있는 '나'에게 산제비는 동경의 대상이 된다. 그런데 6연에서 전환의 계기가 만들어진다. 산꼭대기에서 고고하게 자유를 누리던 산제비가 인간세계의 서글픈 현실과 결합("千里鳥")하는 것이다. 시의 후반부에서 '나'는 산제비에게 현실의 모순을 극복하고자 하는 염원을 투사한다. 그 염원은 '날러라', '헷처라', '오라' 등의 명령형 어미와 결합하여 실천적인 과제의 급박함을 드러내고 있다. 그리고 7연과 9연에서 2음보의 짧은 구문을 반복함으로써 현실 극복의 역동적인 이미지를 창조하고, 미래에 대한 낙관적인 전망을 암시한다. 이러한 문체와 리듬의 변화는, 이전 시들이 선전선동과 계몽의 효과를 높이기 위해 청자(聽者) 지향의 서술체와 사실적 묘사에 치중하였던 것과 대비된다.

'산제비'의 형상이 지닌 독창성과 풍요로움도 이 시의 특징이다. '산제비'는 실제로 박세영이 속리산을 오르면서 보았던 현실 속의 산제비이다. 박세영이 속리산 기행을 기록해 둔 글을 보면,

군데군데 흙을 파헤친 곳이 보이는데 이것은 모두 산도야지가 파놓은 것이라 한다. 잎 썩는 냄새, 그리고 어둠, 산새의 소리. 나는 스틱을 앞으로 버티고 튕기는 나뭇가지를 막으며 밀림을 뚫고 나갔다.[115)]

라고 적혀 있다. 속리산에서 보았던 '산제비'는 시 「산제비」에서 시인의 이상이자 현실 극복의 가능성으로 전환된다. 산행 중에 마주쳤던 산도야지의 행적도 「산제비」에서 붉은 흙을 파헤치는 '멧돼지'와 약한 짐승을 노리는 '갈범'으로 전환되어, 고통받고 위기에 처한 식민지 민중의 모습을 생생하게 그려내고 있다.

당대의 소설가인 이기영은 「산제비」의 의의를 이렇게 평가하였다.

「山제비」의 理想! 그것은 實로 全世界 人類의 偉大한 理想이 아닐까? 現下의 情勢에는 健實한 理想을 붙여 주는 것만도 우리는 값 높이 사지 않으면 안될 줄 안다.[116]

1930년대 중반 민족운동과 계급운동에 대한 탄압이 강화됨에 따라 미래의 전망도 없이 암울한 현실이 계속되고 있을 때, 사람들의 마음에 "健實한 理想을 붙여주는 것"만으로도 중요한 의미가 있다는 지적이다.

박세영이 '산제비'의 형상을 통해 표현하려 했던 이상은 두 가지로 해석할 수 있다. 하나는 가뭄에 시달리는 가난한 농민을 위해 해갈(解渴)과 해방의 비를 몰고 올 전사(戰士)로서의 '산제비'이다. 이것은 계급해방과 사회혁명을 꿈꾸던 1930년대 초반의 시 세계와 상통한다. 또 하나는 자유와 장엄과 신비로움의 미덕을 소유한 이상형으로서 '산제비'이다. "하늘과 땅을 내 것으로 소유하고 그 속에서 마음껏 생활하는 자유"에 대한 지향은, 현실의 제약을 벗어나 거칠 것 없이 자유를 누리는 근대적 주체로서 '개인'의 이상과 맞닿아 있다. '산제비'의 이상이 계급해방에 있든 근대적 개인의 자유에 있든, 현실의 한계를 극복하고 낙관적인 미래를 지향하고 있다는 점에서 동일하다.

이러한 '산제비'의 이상은 혁명적 낭만주의를 구현한 것이

다. 당시 임화는 '창조하는 몽상'으로서 '낭만적 정신'의 중
요성을 역설한 바 있다. 임화는 문학의 존재 의미를 "현실과
이상―꿈―이 모순하고 조화하지 않는 가운데서 그것을 통
일 조화시키려는 열렬한 행위적 의욕의 표현인 때문에…….
이상에의 적합을 향하여 현실을 개조하는 행위, 즉 이미 존
재한 것을 가지고 존재하지 않는 그러나 존재할 수 있고 또
반드시 존재할 세계를 창조"하는 것으로 규정한 뒤, 이를 실
현하는 동력으로서 '낭만적 정신'을 주장하였다. 이렇게 창
조된 낭만주의는 "문학을 순간적 기술과 일상적 공리성의 도
식으로부터 분리하여 영속적인 생명력을 가지고 독자 가운
데 살아나게 하는 방향이다."[117] 박세영은 「산제비」를 통해,
한국 근대시문학사에서 혁명적 낭만주의를 표상(表象)하는
'산제비'라는 새로운 시적 형상을 창조해낸 것이었다.[118]

정론시와 선전·선동시의 창작

박세영은 시집 『산제비』를 출간한 뒤 몇 편의 신년송(新年
頌)을 발표하는 것을 제외하고는 작품 창작을 중단하다시피
하였다. 1945년 8월 서울에서 해방을 맞은 그는 왕성하게 조
직활동과 작품 창작을 재개하였다.

박세영은 해방 이후 문학의 과제를 "일제는 물러갔지만 그
들이 뿌리고 간 독한 씨가 토착 부르조아지, 대상인(大商人),

지주들로서 야합하여 일제의 대신으로 군림하고자" 하는 이 땅에서 진보적 민주주의 정부를 수립하고 그를 위해 "문학과 정치, 프롤레타리아트가 동일한 전선을 형성"해야 한다고 규정하였다.[119] 이의 문학적 실현으로서 일제 잔재의 청산과 새 사회 건설의 열망을 강하게 드러내는 시들이 창작되었다.

거리를 뒤덮은 저 붉은旗

붉은旗를 쥔 억세인 그대들 손에

모든 權力은 쥐어 지리라

期於코 쥐여 지리라

그렇지 않고는 自由란 무엇이며

解放이란 무엇이냐

　• 「날러라 붉은기」(1945. 10. 7) 일부

기ㅅ발은 물결처럼

獨立 萬歲ㅅ소린 폭풍같이

이 나라의 天地를 흔들건만

아는지 모르는지

다만 山川은 잠잠하니 웬일이오

오! 잠잠한 山川이여! 묻노니

그러면 또 무엇을 기다리오
아직도 이땅엔 같은 民族을 좀먹는자들이
탈을 쓰고 끼어 있어
새 建設을 헤살 노는걸
당신도 아마 알고 있나 보.

그러면 우리는 기어코 물리치리다
人民의 幸福과 새 建設을 위하여
목숨을 걸고 뭇찔르리다.
• 「산천에 묻노라」(1945) 일부

　해방 후의 시들은 청자 지향의 서술체로 복귀하면서, 시인
의 사상이나 정치적 견해가 개념 그대로 드러난 정론시(政論
詩) 형식이 중심을 이룬다. 이 시기의 시들은 정치적인 견해
의 선명함, 부정적인 형상과 긍정적인 민중 형상의 첨예한
대립, 웅변가적인 파토스 등을 그 특징으로 한다. 이러한 특
징은 적대적인 사회세력이 공개적으로 충돌했던 당대의 상
황을 드러내고, 해방의 열기를 새 사회 건설로 결집시키기
위한 시의 전략이었다.
　박세영은 1946년 6월에 자신의 정치적 이상을 찾아서 월
북하였다. 북한에서 북조선문학예술총동맹 출판부장, 북조

선문학동맹 중앙상임위원을 거쳐 1948년 최고인민회의 대의원, 문예총 국가상임위원을 지냈다. 1946년에 시집 『진리』를 발간한 데 이어 『승리의 나팔』, 『박세영 시선집』, 장편서사시집 『밀림의 력사』를 간행하였다. 월북 후의 시들은 송가(頌歌) 계열과 당의 정책을 선전하는 가사(歌詞) 계열을 주로 창작하였다.

누더기 속에서 나서 흙에서 늙도록
강냉이로도 배를 못 채우던 농민들,
오늘엔 제 땅을 버젓이 가꾸며
당신을 우러러 노래하오니
영명하신 우리 령도자 있기에
새 나라 민주 조선은 륭성하고
날로 새로워짐이 아니오리까
• 「해볕에서 살리라」(1946) 일부

장하고나 우리들은 힘찬 근로자
새세기를 창조하는 승리의 주인
자유기발 휘날리며 나아가나니
온 세계를 진감하는 단결의 웨침
동무들아 이 기세로 굳게 뭉치여

인민경제계획을 승리로 맺자

　•「승리의 5월」 일부

　「해볕에서 살리라」는 박세영이 김일성을 만나고 나서 그 인상과 감동을 그려낸 송가 형식의 작품이다. 그리고 「승리의 5월」은 해방 이후 북한에서 시행된 '토지개혁'과 '로동법령', '산업국유화' 등의 인민경제계획을 선전하기 위해 창작된 가사이다.

　박세영은 1947년 6월에 김일성의 지시로 북한의 애국가를 작사하였으며, 그 공로로 1959년에 국기 2급 훈장을 수여받았다.

　아침은 빛나라 이 강산

　은금에 자원도 가득한

　삼천리 아름다운 내 조국

　반만년 오랜 력사에

　찬란한 문화로 자라난

　슬기론 인민의 이 영광

　몸과 맘 다 바쳐 이 조선

　길이 받드세

　•애국가 1절

이 애국가의 기사에 광산노동자 출신의 음악가 김원균이 곡을 붙였다. 하지만 지금은 노랫말이 너무 서정적이라는 이유로 대외행사가 있을 때 연주되며, 국내 행사에서는 「김일성 장군의 노래」가 주로 연주된다.

6·25전쟁 당시 박세영은 종군작가로 참전하였다. 그의 전쟁시들은 죽음에 직면해서도 용감하게 싸우는 비극적인 영웅의 형상을 창조하여, 군(軍)의 사기를 높이는 데 크게 기여하였다. 대표적인 작품으로 「숲 속의 사수 임명식」(1951)과 「나팔수」(1952)가 있다.

> 나는 듯 네가 고지로 막 오르럴 때,
> 적탄은 너의 가슴을 뚫엇다.
> 허나 너는 우뚝 선 채
> 팔을 돌려 나팔을 찾았더라.
>
> 어둠을 째는
> 너의 돌격 나팔 소리,
> 그것은 '원쑤를 소멸하라'고
> 참으로 조국에 바치는
> 너의 심장이 분 것이다.
> •「나팔수」 일부

「숲 속의 사수 임명식」은 중기 기관수인 조군실이 왼팔을 관통당한 뒤에도 어깨로 중기를 눌러서 계속 전투에 임한 것을 찬양한 시이며, 「나팔수」는 18세의 소년 나팔수 문용기가 공격진의 최선두에서 용감히 싸우다가 총탄을 맞았는데도 돌격 나팔을 불어 전투를 승리로 이끌었다는 영웅적인 업적을 노래한 것이다. 조군실과 문용기의 이야기는 실화(實話)이다. 실화가 지닌 리얼리티를 바탕으로 극적인 요소를 부각시키고 감정에 호소함으로써 대중선전의 효과를 높이는 창작방법은, 박세영이 1930년대 초반 예술운동의 볼셰비키화를 통해 익숙하게 나타난 것이다.

결론

박세영의 시 세계를 네 시기로 나누어서 살펴보았다. 제1기는 1927년에서 1929년까지 창작된 작품들이다. 배재고보와 중국 체류기간 동안 충분한 습작기를 거쳤기 때문에, 문예잡지에 발표한 초기 시들의 시적 성취는 높은 수준이다. 이 시기는 식민지 농촌 현실의 형상화에 주력하는데, 자연과 인간의 교감, 자연에 대한 생동감 있는 묘사가 특징이다. 그리고 초기 시부터 리얼리즘을 뚜렷하게 지향하고 있다. 사실적인 비유나 문체뿐 아니라 독창적인 비유와 상상력, 이미지를 통해 현실의 생생한 리얼리티를 포착하고 있다. 시인의 의식은 근대적 합리주의와 유교적 도의관이 절충된 형태로서, 인간 본연의 정의로움과 정상적인 상태를 파괴하는 식민지 현실에 대한 거부와 저항을 표현하고 있다.

제2기는 1930년에서 1934년까지의 작품들이다. 카프가 주장한 예술운동의 볼셰비키화를 적극적으로 수용하여, 프롤레타리아트 계급운동과 혁명적 전위의 형상을 창조하는 데 주력하였다. 문학이 정치와 동일시되거나 정치에 종속된 결과, 초기 시의 풍부한 서정성과 개성적인 면모가 약화되었다. 또한 현실 사건의 충실한 재현과 사실적인 문체로써 시의 리얼리티를 꾀하였으나 내용과 형식의 일률화를 피할 수 없었다.

제3기는 1935년에서 1945년까지 창작된 작품들이다. 카프의 해산으로 혁명의 구심점이 사라지면서, 현실의 압제에 맞서 싸우다가 죽음을 맞게 되는 비극적인 영웅의 형상이 나타난다. 「산제비」는 현실의 암울함을 이상에 대한 열망으로 극복하고 현실 변화의 동력을 추구하는 시이다. 이 시를 통해 박세영은 한국 근대시문학사에서 혁명적 낭만주의를 표상하는 '산제비'라는 새로운 시적 형상을 창조하였다.

제4기는 해방과 월북 이후의 작품들이 해당한다. 문학과 정치의 결합이 다시 주장되고, 정치적인 의견을 직설적으로 표현하는 정론시(政論詩) 형식과 송가·가사를 주로 창작하였다.

이상에서 정리한 박세영의 시 세계는 리얼리즘과 미적 근대성의 문제에 따라 크게 이분된다. 하나는 문예정책이나 창작지침을 적극적으로 수용하여 작품 창작에 반영하였던 시기(제2기와 4기)이며, 또 하나는 특정한 문예정책이나 창작지침과 관계없이 개성적인 시 세계가 발현되었던 시기(제1기와 3기)이다.

박세영이 살았던 시대는, 혁명과 새로운 사회의 건설을 꿈꾸는 다수의 사람들이 존재했던 한국 근대사의 격동기였다. 박세영은 자신의 삶과 문학을 역사의 발전법칙과 그 현실태(現實態)인 조직활동에 투신함으로써 혁명의 꿈을 실현하고자 하였다. 제2기와 4기의 작품들은 그러한 활동의 산물이며, 따라서 그 작품들의 진실성은 역사 속에 존재한다. 하지만 문학의 측면에서 말한다면, 문학과 정치의 동일시 내지 정치에 종속된 문학이 역사의 경계를 뛰어넘어 보편적인 공감을 이끌어내는 것이 쉽지 않은 일이라는 것을 박세영의 시는 보여주고 있다. 이와 달리 세계를 해석하고 형상화하는 데 있어 시인의 개성적인 면모가 드러난 제1기와 3기의 작품들의 시적 감동이 시대상황적 제약을 넘어 보편성을 획득하고 있다. 이 점에서 박세영의 시 세계는, 한국 근대문학에서 사회적 근대성과 심미적 근대성이 맺고 있는 상호관계의

한 측면을 잘 보여주고 있다.

특히 박세영의 시는, 미적 근대성의 중요한 실천으로서 장르의 자율성에 대한 인식이 리얼리즘의 성취와 밀접하게 관련되어 있음을 보여준다. 실제로 박세영의 시에서 사실적인 사건에 근거한 사실적인 비유와 문체보다 독창적인 비유와 이미지, 자유로운 상상력이 현실의 생생한 리얼리티를 포착하고 표현해준다는 것을 확인할 수 있다. 이것은 장르의 자율성에 대한 의식이 문학과 정치를 매개하는 역할로서, 현실에 대한 주체적인 인식과 자기성찰의 바탕이 되는 것임을 보여준다.

주

1) 『북한인명사전』, 동서문제연구소, 1981에는 평안북도 출생으로, 또 『세계문예대사전』, 어문각, 1975과 이기봉, 『북의 문학과 예술인』, 사사연, 1986, 45쪽에는 함경북도 경성(鏡城) 출신으로 각각 되어 있다.

2) 권영민, 『한국계급문학운동사』, 문예출판사, 1998, 374쪽; 윤세평, 『해방전 조선문학』, 조선작가동맹출판사, 1958, 320쪽.

3) 박세영, 「인왕산은 내 고향」, 『신동아』 52호, 1936. 2, 128쪽.

4) 같은 글, 128쪽.

5) 엄호석, 「시인 박세영」, 『현대작가론』, 조선작가동맹출판사, 1960, 276쪽.

6) 박세영, 「인왕산은 내 고향」, 129쪽.

7) 송영, 「자서전에 없는 이야기」, 『조선문학』, 조선작가동맹 중앙위원회, 1962. 7, 99쪽.

8) 박세영, 「인민을 위하여 복무하고저」, 한설야·이기영 외, 『나의 인간수업, 문학수업』, 인동, 1990, 132쪽. 뒤에 인용하는 박세영의 회고는, 별도 표시가 없는 한, 이 문헌의 군데군데에서 발췌한 것이다.

9) 일제 全北 경찰부, 「細民의 생활상태조사」(강만길, 『일제시대 빈

민생활사연구』, 창비, 1995, 제1장 「농촌빈민의 생활」 군데군데서 재인용).

10) 강경은 은진군 김포면에 속했었지만 1914년 행정구역 개편에 따라 강경면으로 승격되어 논산군에 편입되었으니, 박세영이 내려갈 때는 논산군 강경면이었다.

11) http://ganggyeong.nonsan.go.kr.

12) 박세영, 「인왕산은 내 고향」, 133쪽, 134쪽.

13) 백마강이란 물론 금강의 옛 이름이다. 엄호석에 따르면 박세영의 민요 「포호성」이 『동아일보』에, 「새벽의 백마강」이 『조선일보』에 각각 일등 당선되었지만 익명으로 투고한 탓에 널리 알려지지 않았다고 한다(엄호석, 앞의 책, 1960, 320쪽). 그러나 두 신문의 1920~40년도 기사 색인을 검색한 결과 이 제목의 작품을 찾아낼 수는 없었다.

14) '국토'와 '고향'의 관계에 대하여는 동국대 한국문학연구소 엮음, 『'고향'의 창조와 재발견』, 역락, 2007 참조.

15) 엄호석, 앞의 책, 1960, 277쪽, 278쪽.

16) 박세영, 「인민을 위하여 복무하고저」, 134쪽.

17) 김태준, 「근대 계몽기의 교과서와 어문교육」, 『한국어문학연구』 제42집, 한국어문학연구학회, 2004. 2, 14~20쪽 참조.

18) 송영, 「자서전에 없는 이야기」, 100쪽, 101쪽.

19) 박세영, 「내가 걸어온 문학의 길」, 『조선문학』, 북한: 문예출판사, 1962. 7, 107쪽.

20) 이는 아마도 1915년 창간된 진독수의 『신청년』에 영향을 받은 제호일 것이다.

21) 송영, 「자서전에 없는 이야기」, 102쪽.

22) 박세영, 「내가 걸어온 문학의 길」, 108쪽.

23) 박세영, 「인민을 위하여 복무하고저」, 135쪽.

24) 굳이 추측해본다면 다음과 같은 가능성들이 있다.

첫째, 박세영의 첫 진술대로 둘 모두를 펴냈을 가능성이다. 이 럴 경우라면 송영은 아마도 『독립신문』에만 관여했기 때문에 그 신문만을 기억했다고 보아야 할 것이다. 하지만 단짝인 송영과 박세영이 따로 행동했다고 보기는 어려움이 있다. 게다가 박세영만 하더라도 굳이 비슷한 성격의 신문을 두 종씩 낼 필요가 있을까 의심스럽다. 위의 회고로 미루어보아 한 종의 신문만 펴내고 배포하는 일도 결코 만만치 않다고 보아야 할 터인데 두 종이나 내다니. 게다가 이렇게 생각할 경우라면 기록마다 『독립신문』과 『자유신종보』로 엇갈리는 점을 설명하기 어렵다. 그러므로 박세영의 말을 좀 달리 해석해야 할 필요를 느낀다.

둘째, 처음에는 『독립신문』이라는 제호로 발간하다가 나중에 『자유신종보』로 바꾸었을 가능성도 있다. 처음에는 조선의 독립을 외치는 신문이니 당연하게 『독립신문』이라는 제호를 택했지만, 같은 이름의 지하발간물이 너무도 많음을 알게 되자 제호를 바꾸었을 수도 있다는 것이다. 잠깐 이해를 돕기 위해 설명해두자. 『독립신문』이라고 하면 1896년 서재필을 중심으로 창간한 우리나라 최초의 민간신문이라고만 알고 있는 독자가 많겠지만, 일제치하에는 여러 종류의 『독립신문』이 있었다. 특히 3·1운동 직후에는 백여 종의 지하신문들이 나오는데, 그중에서 가장 많은 제호가 바로 『독립신문』이었다. 그도 그럴 것이, 그때 나온 지하신문들은 모두 다 조선독립을 위한 문화투쟁의 일환으로 나왔던 것이다. 이렇게 본다면 송영이 그냥 『독립신문』이라고만 표현한 까닭도 비교적 합리적으로 설명할 수 있다. 즉 두 신문은 나중에 제호만 바꾸었을 뿐 결국은 같은 신문이기 때문에, 그리고 『자유신종보』보다는 신문의 성격을 효율적으로 전달할 수 있는 『독립신문』에 대해서만 언급한 것이라고 볼 수 있다. 결국 필자로서는 『독립신문』이라는 제호로 발간하다가 『자유신종보』로 바꾸었을 가능성이 더 높다고 짐작하지만, 확실한 것은 알 수 없다.

25) 박세영, 「인민을 위하여 복무하고저」, 136쪽.

26) 송영, 「자서전에 없는 이야기」, 100쪽.

27) 박세영, 「내가 걸어온 문학의 길」, 108쪽.

28) 같은 글, 109쪽.

29) 그의 원래 이름은 송무용(宋武鎔)이었으나, 이때 박세영과 함께 지은 필명을 평생 사용하였다. 이처럼 필명으로만 써서 원명이 잘 알려지지 않은 사람으로 임화〔林仁植〕·한설야〔韓秉道〕·권환〔權景完〕·백철〔白世哲〕 등을 들 수 있으며, 이밖에도 당대 문인들은 대부분 필명을 지어 가지고 있었다. 이는 물론 조선조 선비들의 풍속의 잔영이라고 할 것이다.

30) 송영, 「자서전에 없는 이야기」, 101쪽.

31) 같은 글, 101쪽.

32) 물론 가극 「피바다」는 1971년에야 첫 공연이 이뤄지지만, 이미 1953년 송영은 「혈해」의 줄거리를 소개하였으며, 윤세평도 1961년에 「혁명연극 「혈해의 노래」에 대하여」에서 각본이 발굴되었음을 소개한다. 신형기·오성호, 『북한문학사』, 평민사, 2000, 245~249쪽 참조.

33) 물론 이는 사소한 것이긴 하다. 그러나 그러한 매우 사소한 문제까지도 숙청의 빌미가 되었다는 것이 많은 남한 대중들의 일반적인 통념이고 보면, 이는 작기만 한 문제는 아닐 것이다. 자신들에게 불리할 수도 있는 발언을 하고 또 그대로 넘어가고 하

는 모습은 기억해둘 필요가 있다고 본다. 어차피 숙청 대상과 필요성은 다른 기준들에 의해 마련되고, 정작 숙청의 빌미가 되는 사건은 꼬투리에 불과할 터이다. 그렇다면 단순한 꼬투리에 의해 숙청이 자행되었다고 보는 통념들은 오히려 북한문단의 동력을 가십거리로 만듦으로써 온당한 이해를 가로막는, 그야말로 근거 없는 풍문에 불과한 것이 아닐까.

34) 『조선문학사』, 東京: 學友書房 번인, 1964, 226쪽.

35) 권영민, 「납·월북 시인·평론가 사전」, 『문예중앙』, 1987 겨울호.

36) "금년 봄에 배재고등보통학교를 우량한 성적으로 졸업한 박세영(朴世永)·최진철(崔進哲)·이홍우(李泓雨)·조홍식(趙弘植) 등 네 사람은 평소부터 문학에 취미를 가졌는바 이번에 멀리 중국 난징의 진링(金陵)대학의 문과에 입학하려고 지난 이일 밤차로 각각 출발하얏다더라."『동아일보』, 1922. 4. 4, 7면 참조. 이로 미루어볼 때 염군사가 1922년 11월 4일에 결성됐다면(김일성대학 조선문학강좌 엮음, 『조선문학사 년대표』, 東京: 學友書房 번인, 1961), 그 이전에 박세영은 중국 유학을 떠난 셈이다. 따라서 "「염군사」 일이 순조롭지 못하고 큰 희망을 키워보려 동인들은 혹은 神戸로(赤燒) 혹은 中國으로(世永), 혹은 실제 운동으로(李浩) 兄도 그 뒤 東京으로 건너갔던 모양입니다"하는 임화의 회고(「宋影論」, 『文學의 論理』, 學藝社, 1940, 534쪽)는 이해하기 어렵다. 또한 박세영은 일본에서 대학을 나왔다는 문헌도 있으나(『북한총감』, 공산권문제연구소, 1968; 『북한인명사전』, 동서문제연구소, 1981 등) 믿기 어렵다. 단지 시 「이름 둘 가진 아이는 가버리다」의 내용으로 미루어 1937년 무렵 일본에 일시 체류한 사실은 있는 듯하지만, 현재로서는 자세히 알 수 없다.

37) 혜령영문(惠靈英文)전문학교에 대해서는 알려진 바가 많지 않다. 단지 『독립신문』(1922. 7. 15)에, 중국 강소(江蘇)·절강(浙江)·안휘(安徽)·강서(江西) 등 성(省)에 유학생들의 연합으로 화동한국학생연합회(華東韓國學生聯合會)를 조직하였는데, 이 연합회에 상해 혜령영문전문학교생 11명, 진링대학생 24명 등이 참석하였다는 내용의 기사가 실려 있다.

38) 이원규에 따르면 1918년 진링대학에 장학금을 받고 입학한 김원봉 등 한국인 유학생들은 "2학기 때부터는 학비를 면제할 수 없다"는 통보를 받고 고민하였으며 일부는 학업을 중단하기도 했다(『약산 김원봉』, 실천문학사, 2005, 93쪽). 이로 미루어 박세영 역시 진링대학에 입학하였다가 학비문제로 자퇴하였을 가능성도 있으나 자세한 것은 알 수 없다.

39) 이원규, 앞의 책, 2005, 82~95쪽 참조.

40) 『조선중앙일보』, 1936. 1. 10. "진링대학 排日團/反日 포스터를 떼였다고/헌병대원을 난타" 제하 3단 기사. 'ㅇ' 표기는 알아볼 수 없는 글자임.

41) 박세영, 「인민을 위하여 복무하고저」, 137쪽.

42) 박세영, 「내가 걸어온 문학의 길」, 102쪽, 103쪽.

43) 박아지, 「박세영론」, 『풍림』 5호, 1937. 4.

44) 송영, 「자서전에 없는 이야기」, 1962, 102쪽.

45) 박세영, 「인민을 위하여 복무하고저」, 141쪽.

46) 같은 글, 145쪽, 146쪽.

47) 엄호석, 앞의 책, 1960, 280쪽, 281쪽.

48) 박세영 「내가 걸어온 문학의 길」, 109쪽.

49) 박세영, 「인민을 위하여 복무하고저」, 142쪽, 143쪽에서 발췌 인용.

50) 엄호석(앞의 책, 1960, 304쪽)은 1933년이라고 말하지만, 『조 선일보』에 따르면 1932년 11월의 일이다. 11월 28일자 2면 참조.

51) 『조선일보』의 당시 보도에 따르면, 압수는 1929년 10월호, 32년 6월호, 32년 1월호, 31년 6월호, 30년 11월호였고, 삭제는 31년 10월호였다.

52) 박세영, 「인민을 위하여 복무하고저」, 144쪽.

53) 일제는 불온작가 명부를 작성하여 이들에 대한 집필을 원천봉 쇄하였던 것이 거의 확실하다. 이렇게 집필이 봉쇄될 경우 문인 들은 원고료 등의 수입이 차단되면서 동시에 지식인으로서 사 회와의 소통 경로가 끊기게 되어 결정적 타격을 입게 되므로 그 검열효과는 매우 컸을 것으로 본다. 이에 대해서는 한만수, 「식 민지시기 문인들의 검열우회 유형」, 『일제하 한국과 동아시아 에서의 검열에 대한 새로운 접근』, 서울대 규장각 한국학연구원 국제워크샵 자료집, 2006년 12월 7~8일, 26~29쪽 참조.

54) 김윤식, 『한국근대문학사상사』, 한길사, 1984, 제4장 참조.

55) 시집 『산제비』의 박세영 자서.

56) 박세영, 「초여름엔 스틱을 끌고」, 『신동아』, 1936. 6.

57) 박세영, 「인민을 위하여 복무하고저」, 145쪽.

58) 이기영, 시집 『산제비』 서문.

59) 권환, 「박세영 시집 『산제비』를 읽고」, 『동아일보』, 1938. 8. 17.

60) 이여성·김세용, 『수자 조선연구』(數字朝鮮研究) I집, 세광출 판, 1931, 82~89쪽.

61) 『조선일보』 1929. 2. 3, 1933. 6. 30, 1933. 11. 18 참조.

62) 시인이 자신의 작품을 '한글교정' 받는 것은 매우 어색한 일이 겠지만, 한글 교육을 제대로 받을 기회가 없었던 당대 문인들에

게는 드문 일이 아니었다. 예컨대 임화의 시집 『현해탄』 역시 이극로(李克魯)가 "난잡한 글을 일일이 한글로 고쳐" 주고 있다.

63) 검열과 검열우회의 전략에 대해서는 한만수, 「식민시대 문학의 검열 대응방식에 대하여」, 『현대문학이론연구』 15집, 현대문학 이론학회, 2001, 343~67쪽; 한만수, 「식민지시기 검열과 1930 년대 장애우소설」, 『한국문학연구』 29집, 동국대학교 한국문학 연구소, 2005. 12, 7~34쪽; 한만수, 「식민지시기 한국문학의 검열장과 영웅인물의 쇠퇴」, 『어문연구』 129호, 한국어문교육 연구회, 2006. 3, 173~198쪽 등 참조.

64) 이 금지규정을 확인할 수 있는 최초의 공식 문건은, 검열 담당 부서였던 총독부 도서과가 1939년 문인간담회를 열어 공포한 「편집에 관한 희망 및 그 지시사항(1, 2)」이 처음이다. 하지만 김동인 등 당대 문인들의 여러 증언으로 미루어 그 이전부터도 이미 서력기원 금지는 일반화되어 있었던 듯하다.

65) 『동아일보』, 1935. 10. 5.

66) 『동아일보』, 1935. 10. 7.

67) 박세영, 「내가 걸어온 문학의 길」, 110쪽. 김일성의 항쟁을 빗 대어 쓴 작품이라는 박세영의 회고는, 월북 이후의 진술이어서 진실성을 의심할 여지가 있긴 하지만, 개연성마저 없지는 않다. 국내 신문에 1920년대부터 이미 김일성의 빨치산 활동에 대한 보도가 있었음을 감안한다면, 1936년 3월에 발표된 이 작품이 기실은 김일성을 염두에 둔 것이라는 박세영의 말이 기본적인 사실관계와 어긋나지는 않기 때문이다.

68) 이렇게 검열을 우회하기 위해 외부의 문제로써 내부의 문제를 빗대어 이야기하는 방식은 꽤 광범위한 것이다. 예컨대 식민지 조선에서 아일랜드에 대한 관심이 매우 높았던 점 역시 조선의

문제를 직접 이야기하기 어렵기 때문이기도 했으며(이승희, 「조선문학의 내셔널리티와 아일랜드」, 민족문학사연구소 기초학문연구단, 『탈식민의 역학』, 소명출판, 2006, 280~307쪽 참조), 레닌 역시 소련 내부를 이야기하는 것이 검열 때문에 어렵게 되자 조선의 이야기로 우회하였다고 직접 회고하고 있기도 하다(V. I. Lenin, *Imperialism: The Highest Stage of Capitalism: A Popular Outline*, New and Revised Translation, New York: International Publishers, 1939, p. 7: 이는 시카고대학 최경희 교수가 알려준 것이다). 또한 이런 경향을 의식하여 일제의 검열지침에는 "타민족의 독립운동을 선전고취하거나 선동하며 또는 상양(賞揚)함으로써 암암리에 조선의 독립사상 또는 운동에 이용코자 하는 기사"를 '조선통치를 부인하는 기사'로 분류하여 '행정처분'을 내린다고 밝히고 있다(「조선문간행물행정처분례」, 조선총독부경무국, 『조선에 있어서 출판물개요』, 1930, 85~131쪽; 계훈모 엮음, 『한국언론연표』, 관훈클럽 신영연구기금, 1979, 1292쪽에서 재인용). 필자는 이런 유형의 기사들을 공간적 검열우회 방식이라고 명명한 바 있다. 한만수, 「식민지시기 한국문학의 검열장과 영웅인물의 쇠퇴」, 앞의 책, 2006 참조.

69) 박세영, 「인민을 위하여 복무하고저」, 143쪽.

70) 역사문제연구소 문학사연구모임, 「식민지시대 프로연극의 전개와 역사적 의의」, 『카프문학운동연구』, 역사비평사, 1989 참조.

71) 당대 문맹률은 80퍼센트에 육박했으며, 책값 역시 민중들이 감당하기에는 큰 부담이었다(1930년대 책값은 대개 1원 안팎이었는데, 예컨대 김유정의 「소낙비」에서 '춘호 처'가 '이주사'에게 매음을 하고 받은 돈은 2원이었다). 따라서 시·소설 등 인

쇄매체의 문예물을 통한 노농대중에 대한 선전의 효과란 매우 미미할 수밖에 없었다. 이에 비해 총독부의 국민계몽 수단은 영화·연극·라디오·지지거(芝紙居, 일본의 전통적인 종이그림 연극) 등으로 주로 문맹층도 수용할 수 있는 시청각 매체의 비중이 매우 높았으며 무료였다.

72) 시「감국보」에는 '이 노래를 가버린 김승일(金承一)군에게 주노라'라는 부제가 붙어 있다. 김승일은 카프 맹원으로 주로 영화·연극 등 공연 분야에서 활동했으며 신건설사의 주축 중 한 사람으로「서부전선 이상 없다」에도 출연했다. 1934년 함흥에서 한설야와 함께 검거되었으며, 투옥 끝에 사망한 듯하다.

73) 예컨대 박아지는 박세영에 대해 이렇게 회고한다. "군은 또한 정(情)의 인이요 의(義)의 인이다. 년전(年前) 어느 친우의 병문안을 갔다가 그 생활이 하도 말이 아니기에 주머니를 털었으나 자기 역시 무일전함을 깨닫고 슬며시 나가서 외투를 잡혀다가 주고 왔다는 것은 전언으로 들은 말이나 그는 그만큼 우정에 깊은 사람이요 우의를 저바리지 않는 사람이다."(박아지,「박세영론」,『풍림』5호, 1937. 4). 박세영의 인간됨을 적실하게 보여주는 일화이다. 그는 톨스토이의「사람은 무엇으로 사는가」에 나오는 이야기를 그대로 재연하고 있거니와, 송영·이찬 등의 박세영에 대한 회고도 이와 비슷하다. 이런 사람이 공개적으로 동지의 잘못을 지적하기는 어려웠을 것이라는 짐작이 가능하다.

74) 이는 권환(앞의 글, 1938), 임화(『산제비』발문), 이찬(「대망의 시집『산제비』를 읽고」,『조선일보』, 1938. 8. 30) 등 동시대 문인들의 한결같은 증언이며, 그의 이 같은 면모는 작품「나에게 대답하라」,「오후의 마천령」,「각서」,「표박」등과 수필「初夏에는 스틱을 끌고」(박세영,『신동아』56호, 1936. 6) 등에도 잘

나타나 있다.

75) 이기봉, 앞의 책, 1986, 45쪽. 이기봉은 한재덕과 박세영이 기 생집에서 만났다는 일화 등에 대해 자세히 그리고 있지만 액면 그대로 받아들이기는 어렵다. 단지 박세영에 대한 다른 전기적 사실만큼은 대체로 사실에 가깝다고 판단한다.

76) 홍명희를 회장으로 한 이 단체는 북한의 조소문화협회의 지부 라고 할 수 있다. 김승환, 『해방공간의 현실주의문학 연구』, 일 지사, 1991, 75쪽 참조.

77) '문화공연단'을 일컬음.

78) 박세영, 「내가 걸어온 문학의 길」, 110쪽.

79) 김일성, 「친애하는 조선의 과학자 문학자 예술가들에게」, 『조소 문화』 2호, 1946. 9.

80) 박세영, 「내가 걸어온 문학의 길」, 111쪽.

81) 신형기·오성호, 『북한문학사』, 평민사, 2000, 19쪽.

82) 같은 책, 서론 및 제1장 참조.

83) 정률 선생과의 면담은 2002년 7월 28일 12시부터 늦은 9시까 지, 그가 방한 중에 묵고 있던 경기도 용인의 숙소 및 식당에서 이뤄졌다. 이명재 중앙대 명예교수의 주선으로 그와 함께 면담 했다. 정률은 1918년 5월 5일 러시아 연해주 블라디보스토크에 서 태어났다. 정률이라는 필명으로 널리 알려져 있지만 본명은 정상진이다. 어린 시절 조선족 학교에서 한글과 한문을 익혔고, 중학을 졸업한 이후에 중앙아시아로 강제이주를 당하여 1940 년에 카자흐스탄 크솔오르다사범대학 어문학부를 졸업했다. 1941년 『레닌기치』에 시를 발표하여 등단한 뒤, 「시인과 현실」, 「로만찌슴에 대하여」 등 평론을 발표했다. 소련이 일본에 선전 포고를 하자 1945년에는 소련군 해병대 소속 장교로서 나진·

웅기 지역의 해방전선에 참전한 뒤 북한의 요직을 두루 거쳤다. 소련 군정의 일원으로 원산시 인민위원회 교육부 차장이 되었으며 1946년 『응향』(凝響)사건으로 유명한 시집 『응향』(원산문예총 발간)의 발행인을 맡기도 했다. 두루 알다시피 『응향』 사건이란 문예총 원산지부 명의로 출판된 시집 『응향』을 퇴폐적이고 반동적인 것으로 규정하여 발매금지하고 관련자를 문책했던 사건이다. 이를 계기로 북한에서 문학에 대한 관료의 제재와 검열이 본격화되었으며, 주도자 중 한 사람이었던 시인 구상은 월남하게 된다. 발행인이었던 정률 역시 문책받아야 마땅했겠지만 무사했다. 정률의 회고에 따르면, 소련파라는 정치적 배경과 함께 내용을 자세히 모르고 단순히 발행인으로 이름만 올렸던 사정을 참작한 것이었다고 한다. 정률은 오히려 그 직후 평양으로 올라와 승승장구한다. 문예총 부위원장(1945~48), 김일성종합대학 외국문학부장(1948~50)을 거쳐 문화선전부 부상(1952~55)을 역임했다. 그러나 종파투쟁에 휘말려 1957년 10월 소련으로 귀환한 뒤 카자흐스탄공화국에서 생활했다. 이곳의 『레닌기치』 신문사에서 근무했으며 현재 알마아타에서 문필활동을 하고 있다(정상진, 「도강(渡江)―잊을 수 없는 순간들」, 『통일문학』 창간호, 2002. 7, 139쪽 및 필자의 정률 인터뷰 참조). 해방 직후부터 1957년까지, 북한문학 형성기에 그 핵심적인 위치에 있던 그는 그 시기 북한문학에 대해 증언해줄 수 있는 거의 유일한 생존자라고 할 수 있을 것이다. 또한 현재 카자흐스탄에 거주하고 있으므로 정치적 편향성에서 비교적 자유로울 수 있는 증인이기도 하다. 물론 정률이 남북한에 대해 중립적인 것은 아니다. 그는 자신을 포함한 소련파를 숙청한 김일성정권에 대한 반감이 대단한 반면, 몇 차례 서울을 방문하고

평통 자문위원을 맡을 만큼 남한에 대해서는 호의적이었다. 그러나 이러한 남한 편향에도 불구하고 그의 회고는, 다른 관련자료들과 비교해볼 때, 사실관계를 왜곡하는 일은 거의 없다고 판단한다. 해석에서 주관성을 개입시키는 성향은 분명히 있는데, 이는 어떤 구술적 회고자라도 일정 부분 보일 수밖에 없는 편향에서 벗어나는 정도는 아니며, 그런 점들을 감안하면서 듣는다면 귀중한 증언이라고 판단한다.

84) 박세영, 「은혜로운 당의 품에 안겨 30년」, 『조선문학』, 1975. 9, 37쪽.

85) 오정애 · 리용서, 『조선문학사』 10권, 과학백과사전 출판사, 1994, 92쪽, 93쪽.

86) 박세영, 「잊지못할 나날을 회고하여」, 『조선문학』, 1983. 9, 24쪽.

87) 노래를 비교한다면 마땅히 가사와 가락을 함께 고려해야 하겠지만, 필자가 가락에는 문외한인데다가 작사자 박세영을 다루는 책이니 가사만을 다루기로 한다.

88) '국민'이 모인 각종 행사마다 '국가의 노래'가 '제창'되는 것이 어떤 순기능과 역기능을 지니는가 하는 문제는 별도로 살펴야 마땅할 것이다.

89) 북한의 공식석상에서 널리 부르는 국가의 성격을 띠는 노래는 애국가라기보다는 「김일성가」나 「김정일가」라고 한다. 박세영의 작사 내용이 지나치게 서정적이라는 점, 또한 나중에 주체사상이 강조되면서 아무래도 김일성 부자에 대한 찬양이 없어서는 곤란하다는 정치적 판단도 한몫했을 터이다. 국가주의에서 수령주의로 넘어가는 형국이다.

90) 이와 같이 남한의 애국가에 모자란 부분이 많은 까닭은 주로 그 채택과정 때문이라고 할 수 있다. 모두들 알다시피 구한말 나온

20종에 가까운 애국가 중에서 윤치호의 것이 나중에 채택되었
지만(문헌에 따라서 안창호 작사라고도 하고, 윤치호의 가사를
안창호가 고쳤다고도 하여, 아직 정확한 작사자는 밝혀지지 않
았지만, 대체로 통설은 윤치호 작사로 되어 있다), 막상 작곡조
차 없는 상태여서 스코틀랜드 민요 「올드랭사인」의 곡을 빌려
쓰다가 단독정부 수립 이후에야 안익태 작곡으로 완성된 것이
었다. 게다가 작곡자나 작사자나 모두 친일혐의에서 자유롭지
못하다. 작사자인지는 불명하더라도 작사에 관여한 것은 틀림
없는 윤치호는 독립협회 창설의 주역이면서 105인 사건으로 투
옥되기도 했지만, 일제 말기에는 제국의회의 귀족원의원을 지
냈다. 작곡자 안익태는 일제의 위성국이었던 만주국 수립 10주
년 기념으로 작곡한 「만주환상곡」의 주요 모티프를 「코리아환
상곡」에서 사용하는 등 친일논란이 벌어지고 있다. 이 문제에
대해서는 송병욱, 「안익태의 알려지지 않은 두 작품」(월간 『객
석』 266호, 2005. 4) 및 노동은, 「만주음악연구」(동국대학교 한
국문학연구소, 「동아시아 속의 만주/만슈」, 26차 국제학술대회
자료집, 2006. 2. 3) 참조.

91) 『나의 조국』, 평양미술인쇄공장, 1958.

92) 박명림은 북한에서의 토지분배란 '사인(私人)지주제에서 국가
지주제로의 변화'에 불과하다고 반론하기도 한다. 즉 공식적 현
물세는 27퍼센트였지만 소련군에 대한 지원, 현물세 납부경쟁
등으로 결국 수취율은 최고 40퍼센트에 달했다는 것이다. 박명
림, 『한국전쟁의 발발과 기원』 1, 나남, 1996, 215쪽, 216쪽. 그
렇다 하더라도 북한 농민과 문인들에게 농지분배가 지니는 의
미는 결코 적지 않았을 터이다. 40퍼센트라고 하더라도 해방전
의 지주 수취분(60~70퍼센트선)에 비한다면 상당히 낮은 편

이라는 점, 안정적인 경작권을 부여받았다는 점, 게다가 농민들에게 '내 논'이라는 인식을 줄 수 있는 심리적 효과도 매우 큰 것이었다고 보아야 할 것이다.

93) 『조선문학』, 1960. 4.

94) 1952. 10월 창작; 전선문고 『승리의 나팔』, 문예총출판사, 1953.

95) 『조선문학』, 1955. 11.

96) 같은 책.

97) 『조선문학』, 1959. 10.

98) 물론 박세영이 노파의 상황과 말을 단순히 중계하는 것이라고 보기는 어렵다. 노파의 말을 선택적으로 복원하거나 심지어는 만들어냈을 가능성이 높다. 하지만 적절한 상황에 놓인 노파를 만나고 대화를 나눈 정도는 사실이었을 것이다.

99) 이는 물론 유독 박세영에게만, 북한에서만 일어났던 일은 아니다. 자아를 발견하고 구성하는 일이 결국 타자를 통하여 가능해지는 것이라면, 국외여행을 통하여 모국과 민족정체성을 발견하는 것은 누구에게나 자연스러운 일이며, 국가나 자본이 이런 역학을 활용하는 일은 드물지 않다. 예컨대 김우중과 함께 외유에 나섰던 김용옥이 김우중과 대우를 긍정하는 편으로 돌아설 때 작동한 힘이라거나, 1980년대 저항적인 대학생들에게 사우디아라비아나 외국으로 진출한 국내 건설업체 현장을 견학시키면서 독재정권들이 기대했던 효과들도 이와 다르지 않다. 또한 전향한 카프계 문인들에게 만주 등지를 시찰시키면서 일제가 기대했던 효과도 비슷한 것이었겠다.

100) 앞서 소개한 박세영의 작품도 동구권 기행 도중 잠시 오스트리아에 들른 결과로 산출된다. 이렇게 작가들을 외국(특히 동

구권)에 보내고 '외국인의 눈에 비친 북조선'을 작품화하도록 만드는 일은, 특히 1950년대 말에서 60년대에 걸쳐 두드러진다. 물론 그 내용들은 예외 없이 '북조선에 대한 상찬'이다. 이렇게 작가들에게 외국기행을 시키고 그 결과를 작품으로 만들어 보급하는 일은, 물론 기본적으로는 뭔가 외국인에게 과시할 만한 것이 있다는 자신감, 즉 북한이 꽤 성공적인 전후복구를 이뤄냈다는 점에 기반한다. 이 문제에 대해서 자세히 살피는 일은 이 글의 범위와 필자의 능력을 벗어나는 것이니 몇 가지만 간단히 지적해두기로 하자. 첫째, 후발 사회주의 국가로서 선진 사회주의 국가의 문물을 경험할 기회를 가질 필요가 있었을 터이다. 둘째, 사회주의권의 국제적 연대를 안팎에 보여줄 수 있다는 점이다. 전쟁기와 전후복구 과정에서 물심양면의 지원을 아끼지 않은 사회주의권 국가에 대해 감사하는 뜻도 있겠지만, 그보다는 복구 성공을 내외에 알리는 효과를 더 기대했을 터이다. 셋째, 그 선전효과는 개화기 이래 항상 선망의 대상이었던 서구라는 타자의 눈을 통해 조선 현실을 보도록 함으로써 극대화되었을 터이다. 넷째, 이같이 외국인(주로 사회주의 선진국)의 눈을 빌려 자신을 인정받는 방식은 조선의 현실과 전망에 대한 대중적 신뢰를 얻어내는 데 매우 효과적이었을 것이다. "세계최강 미국의 침략에 맞서 싸워 이기고, 전후복구 역시 놀라운 성과를 거둔 북조선"이라는 인식은 북한문학에서 결코 낯선 것이 아니며, 이런 시각이 극대화되기 위해서는 동구 사회주의권이라는 타자의 시선이 필요했던 것이다. 그 결과 김일성은 전쟁책임에서 벗어나는 동시에 전후복구 건설의 주체로서 굳건한 권력주체로 설 수 있게 된다. 결국 이런 과정을 통해서 김일성이 국내만이 아니라 전세

계의 존경을 받는 인물임을 주지시키는 것으로, 즉 개인숭배
의 공고화로 나아가게 된다고 본다.

101) 박세영, 「인민을 위하여 복무하고저」, 147쪽.

102) 송영, 「자서전에 없는 이야기」 참조.

103) 한설야에 따르면 카프의 소설 합평회는 월요일 밤, 시 합평회
는 토요일 밤이었으며, 장소는 대개 윤기정이나 송영의 집이
었다고 한다. 그들은 합평회에서 참석자 전체의 의견을 듣고
완전하게 작품을 추고한 뒤에야 지상에 발표하였는데 검열을
회피하는 방법에 대해 서로 조언을 나누기도 했다. 카프 작가
의 작품은 집체작의 성격이 강하며 그 이유 중 하나는 검열 때
문이라는 것이다. 한설야, 「정열의 시인 조명희」, 『조명희선
집』, 소련과학원 동방도서출판사, 1959, 535~551쪽 참조.

104) 박세영이 남한 출신이라는 불리함에도 불구하고 끝까지 북한
문단에서 살아남을 수 있었던 배경은 아직 뭐라고 말하기 어
렵다. 물론 자료의 빈궁 때문이다. 그런 한계 속에서라도 추정
해보자면, 아마도 그의 선과 악을 분명하게 가르는 성향을 중
요한 요소 중 하나로 손꼽을 수 있지 않을까 한다. 그가 영향
받은 두 가지 세계관이라면 유교와 마르크시즘을 들 수 있을
터인바, 유교의 군자관과, 마르크시즘의 계급이론은 둘 다 적
과 동지를 명백하게 가르는 인간관을 지니고 있다는 점에서는
공통적이다. 월북 전후에 김일성을 선택한 이후 한치의 흔들
림 없이 그에 대해 충성을 바치는 박세영은 이와 유관할 것이
다. 김일성은 그에게 군자/어버이/조선 프롤레타리아의 구원
자였던 것이 아닐까. 게다가 애국가의 작사자로 일찌감치 공
인받았다는 점도 감안해야 할 것이다.

105) 류만, 『현대조선시문학연구(해방후편)』, 사회과학출판사,

1988 등 참조.

106) 이찬, 앞의 글, 1938.

107) 물론 수령체제에 대해 이의를 제기했을 때 자신이 감당해야 할 파국에 대해서도 의식하지 않은 것은 아니겠지만, 그것만으로는 모든 것을 설명하기 어렵다. 정치적 담론들이 현실적 힘을 발휘하기 위해서는 금지와 처벌만으로는 곤란하니까. 좀 더 적극적으로 담론 자체의 긍정성과 타당성을 확보할 때만 그 힘은 발휘되니. 박세영은 이런 북한의 지배담론에 적지 않게 포섭된 셈이라고 볼 수 있을 것이다.

108) 예컨대 통일을 위해 일으켰던 전쟁이 오히려 분단을 공고하게 만드는 결과를 가져왔음에 대해서 그는 왜 회의하지 않는가. 통일에 대하여 그토록 열망했던 그라면 마땅히 내부적 책임에 대해서도 눈 돌려야 하지 않겠는가. 물론 북한문학의 생산 유포 과정을 고려한다면 그런 지적을 하기란 불가능할 것이다. 하지만 그의 작품 속에 나타난 통일에 대한 인식은, 한치의 의심도 없이 북한당국의 공식적 통일관·역사관을 반복하고 있을 뿐이다. 아무리 행간을 읽으려 노력해보더라도 결과는 바뀌지 않았다.

109) 박세영, 「내가 걸어온 문학의 길」, 107쪽.

110) 『문예시대』 2, 1927. 1.

111) 원래 검열로 인해 ×자로 발표된 것을 『박세영 시선집』(1956)에 따라서 복원하였다. 김하, 「폭풍우를 꿰뚫고 온 시인―『박세영 시선집』에 대하여」, 『조선문학』, 1956. 12 참조.

112) 검열로 인해 시의 후반부가 생략되었다.

113) 〔 〕은 원래 검열로 인해 삭제되었던 부분인데, 사회과학원 문학연구소에서 발간한 『조선문학통사―현대문학편』에 복원된

것을 재인용하였다.

114) 박아지, 「박세영론」, 『풍림』, 1937. 4~5, 16쪽, 17쪽.

115) 박세영, 「初夏에는 스틱을 끌고」, 『신동아』, 1936. 6.

116) 이기영, 「서문에 代하여」, 박세영, 『산제비』, 별나라사, 1938, 2쪽, 3쪽.

117) 임화, 「위대한 낭만적 정신」, 『동아일보』, 1936. 1. 2.

118) 1930년대 혁명적 낭만주의와 「산제비」의 시적 성취에 대해서는 심선옥, 「박세영시의 현실주의적 성격」(성균관대 석사학위 논문, 1991)을 참조할 것.

119) 박세영, 「조선 프로시사론」, 『문학비평』, 조선문화사, 1947, 189쪽.

참고문헌

1차 자료

『독립신문』, 『조선중앙일보』, 『조선일보』, 『동아일보』, 『풍림』 등 식
    민지시기 신문 잡지와 『조선문학』, 『조소문화』 등 북한 잡지.
계훈모 엮음, 『한국언론연표』, 관훈클럽 신영연구기금, 1979.
공산권문제연구소, 『북한총감』, 1968.
권영민, 「납·월북 시인·평론가 사전」, 『문예중앙』, 1987 겨울호.
동서문제연구소, 『북한인명사전』, 1981.
동서문제연구소, 『북한인명사전』, 1981.
이여성·김세용, 『數字朝鮮研究』 I집, 세광출판, 1931.

관련 논저

강만길, 『일제시대 빈민생활사연구』, 창비, 1995.
권영민, 『한국계급문학운동사』, 문예출판사, 1998.
김 하, 「폭풍우를 뚫고 온 시인―『박세영 시전집』에 대하여」, 『조
    선문학』, 1956. 12.
김윤식, 『한국근대문학사상사』, 한길사, 1984.

김태준, 「근대 계몽기의 교과서와 어문교육」, 『한국어문학연구』 제42집, 한국어문학연구학회, 2004. 2.

김하명 외, 『조선문학통사』 3, 북한: 과학백과사전 출판사, 1981.

노동은, 「만주음악연구」, 『동아시아 속의 만주/만슈』, 26차 국제학술대회 자료집, 동국대학교 한국문학연구소, 2006. 2. 3.

동국대 한국문학연구소, 『'고향'의 창조와 재발견』, 도서출판 역락, 2007.

류 만, 『조선문학사』 9, 북한: 과학백과 종합출판사, 1995.

_____, 『현대조선시문학연구』(해방후편), 북한: 사회과학출판사, 1988.

송병욱, 「안익태의 알려지지 않은 두 작품」, 월간 『객석』 266호, 2005. 4.

신형기·오성호, 『북한문학사』, 평민사, 2000.

엄호석, 「시인 박세영」, 『현대작가론』, 조선작가동맹출판사, 1960.

역사문제연구소 문학사연구모임, 「식민지시대 프로연극의 전개와 역사적 의의」, 『카프문학운동연구』, 역사비평사, 1989.

오정애·리용서, 『조선문학사』 10권, 북한: 과학백과사전 출판사, 1994.

윤세평, 『해방전 조선문학』, 조선작가동맹출판사, 1958.

이기봉, 『북의 문학과 예술인』, 사사연, 1986.

이승희, 「조선문학의 내셔널리티와 아일랜드」, 『탈식민의 역학』, 민족문학사연구소 기초학문연구단, 소명출판, 2006.

정상진, 「도강(渡江) ― 잊을 수 없는 순간들」, 『통일문학』 창간호, 2002. 7.

한만수, 「식민시대 문학의 검열 대응방식에 대하여」, 『현대문학이론연구』 15집, 현대문학이론학회, 2001.

_____, 「식민지시기 검열과 1930년대 장애우소설」, 『한국문학연구』29집, 동국대학교 한국문학연구소, 2005. 12.

_____, 「식민지시기 문인들의 검열우회 유형」, 『일제하 한국과 동아시아에서의 검열에 대한 새로운 접근』, 서울대 규장각 한국학연구원 국제워크샵 자료집, 2006. 12. 7~8.

_____, 「식민지시기 한국문학의 검열장과 영웅인물의 쇠퇴」, 『어문연구』129호, 한국어문교육연구회, 2006. 3.

한설야, 「정열의 시인 조명희」, 『조명희선집』, 소련과학원 동방도서출판사, 1959.

※ 박세영이 저술한 1차 자료는 '작품목록'(251~259쪽)으로 대신함.

박세영 연보

1902년(1세)	경기도 양주 '소미동리'〔廣金間〕에서 '가난한 조선선비의 셋째 아들'로 출생(호적에는 '경기도 고양군 두모면 두모리' 출생으로 되어 있음. 출생 직후에 고양으로 이사한 듯).
1908년(7세)	서울의 사립 보인학교 다님.
1910년(9세)	서울 수하동 보통학교 다님.
1915년(14세)	형을 따라 강경으로 이사. 서당에서 수학.
1917년(16세)	서울 배재고보 입학.
1918년(17세)	동급생인 송영과 더불어 『새누리』라는 문학 동인 잡지 발간.
1919년(18세)	3·1운동을 맞아 등교거부로 퇴학. 등교거부 시기에 『독립신문』을 발간. 퇴학당한 뒤에 러시아 문학과 소비에트 문학, 특히 '쁘쉬낀, 테르몬프브, 괴테, 쉴러, 하이네, 바이런, 휘트먼' 등 시집을 읽음. '쁘쉬낀, 테르몬프브, 똘쓰토이, 고리끼, 마야꼬프스키, 베드늬의 작품들에서 실로 깊은 감명'을 받음.
1920년(19세)	배재고보 3학년 편입학.
1922년(21세)	3월 22일, 4학년 수료, 졸업.

4월, 중국으로 유학. 난징의 진링대학, 상하이의 혜령영문전문학교 수학.

'염군사'에 가입.

1923년(22세) 『염군』에 시「황포 강반」발표.

1925년(24세) 귀국 후 '카프'에 가입.

1926년(25세) 카프 산하 아동잡지인 『별나라』 편집책임을 맡으면서 동요 다수 창작.

1927년(26세) 1월, 『문예시대』에「농부 아들의 탄식」,「해변의 처녀」,「어머니의 사랑」,「산협에서」를 한꺼번에 발표하면서 본격적 창작활동 개시.

1928년(27세) 『조선지광』(11월호)에「타적」을 발표하는 것을 계기로 본격적인 프로 작품 발표. 이 무렵 2~3년 동안 서울 시외의 은평면에서 송영과 함께 빈농들을 위한 '사립학교'(야학 성격이었을 것임) 교원으로 일함.

1929년(28세) 「어린 소제부」와 관련된 필화사건으로 서울 용산 경찰서에 체포됨.

1932년(31세) 카프 도쿄지부에서 발행한 『우리 동무』 배포사건으로 신고송 · 정청산 등과 함께 검거됨.

1936년(35세) 시「산제비」발표.

1937년(36세) 모교인 배재학교의 시무로 근무.

1938년(37세) 시집 『산제비』 발간. 이후 절필에 들어감.

1942년(41세) 만주로 건너가 항일운동.

1945년(44세) 8월, 청진감옥에서 해방을 맞음.

서울로 내려와 12월 조선문학동맹 대회준비위원, 중앙집행위원, 시부 및 아동문학부 집행위원, 경성

조소(朝蘇)문화협회 발기인을 맡음.

1946년(45세) 시집『流火』발간(현재 남아 있지 않음).

6월 25일, 월북. 북조선문학예술동맹 출판부장 및
중앙상임위원 피선. 시집『진리』및 시선집『횃불』
발간.

1947년(46세) 북한 애국가 작사.

1948년(47세) 최고인민회의 대의원. 문예총 중앙상임위원.

1952년(51세) 「나팔수」발표.

1953년(52세) 시집『승리의 나팔』발간.

1956년(55세) 『박세영 시선집』발간.

1958년(57세) 시집『나의 조국』발간. 천리마운동의 대표적인 노
래로 꼽히는「우리는 천리마 타고 달린다」작사.

1959년(58세) 애국가를 작사한 공로로 국기 2급훈장 받음.

1961년(60세) 조국평화통일위원회 중앙위원.

1962년(61세) 장편서사시『밀림의 역사』, 시집『보천보의 횃불』
간행.

1965년(64세) 7월, '공로시인' 칭호 받음.

1967년(66세) 작가동맹 상무위원.

1989년(88세) 2월, 사망. 북한 사회장으로 장례.

작품목록

제목(창작연대)	게재지 · 출판사	연도

■시

제목(창작연대)	게재지 · 출판사	연도
黃浦江畔(1923)	염군(창간호)	1923
海濱의 處女(1925. 9)	문예시대(2호)	1927. 1
山峽에서(1925. 11)	문예시대(2호)	1927. 1
楊子江(1925)	산제비(시집)	1938. 5
月夜의 鷄鳴寺(1925)	산제비	1938. 5
어머니의 사랑(1925. 8)	문예시대(2호)	1927. 1
잃어진 봄(1926. 1)	산제비	1938. 5
後園(1926. 10)	산제비	1938. 5
農夫아들의 歎息(1926. 10)	문예시대(2호)	1927. 1
떠나는 노래(1926. 12)	산제비	1938. 5
바다의 마음(1926. 12)	산제비	1938. 5
北海와 煤山(1926)	산제비	1938. 5
浦口素描(1926)	산제비	1938. 5
明孝陵(1926)	산제비	1938. 5

覺書(1927. 1)	산제비	1938. 5
봄(1927. 4)	산제비	1938. 5
봄피리(1927. 5)	산제비	1938. 5
大地에 그리는 불그림(1927. 10)		1927. 10

*박세영,「朝鮮 프로 詩史論」에 인용

打積(1928. 10)	조선지광(81)	1928. 11
花園이 보이는 二層집(1929. 9) 산제비		1938. 5
解放되어가는 處女地(1930)		

*엄호석,「시인 박세영」,『현대작가론』, 조선작가동맹출판사, 1960에 소개.

夜襲(1930. 11)

*김하,「폭풍우를 꿰뚫고 온 시인」,『조선문학』, 1956. 12에 소개.

바다의 女人(1930)	음악과 시(1호)	1930. 8
밤마닥 오는 사람(1931. 5)		

*『신문학』(1호), 1946. 4에 재수록.

反動旗(미상)	시대공론(1호)	1931. 9
누나(1931)	갑프 시인집	1931. 11
山골의 工場(1932)	신계단	1932. 11
悲歌(1933. 初夏)	산제비	1938. 5
도시를 향하여(미상)	형상 1	1934. 1
江南의 봄(1934. 初春)	문예창조(1호)	1934. 6
自然과 人生(1934. 3)	산제비	1938. 5
花紋褓로 가린 二層(1934. 仲冬)		
	신동아(44호)	1935. 6
橋(슈프레히 콜)(미상)	예술(1호)	1935. 1
甘菊譜―이 노래를 가버린―金承―君에게 주노라(1935. 2)		
	신동아(52호)	1936. 2

自畵像(1935. 7)	신동아(47호)	1935. 9
沈香江(1935. 9)	신동아(49호)	1935. 11
處女洞(1935. 12)	산제비	1938. 5
嘆息하는 女人(1936. 음력 섣달)		
	산제비	1938. 5
하랄의 勇士(1936)	비판(34호)	1936. 3
午後의 摩天嶺(1936. 2)	학등(23호)	1936. 3
다시 또 가는가(1936. 4)	조선문학(7호)	1936. 7
隱瀑洞(1936. 6)	조선문학(8호)	1936. 8
젊은 雄辯家(1936. 7)	산제비	1938. 5
나에게 對答하라(1936. 盛夏)	비판(38호)	1937. 7
山제비(1936. 初秋)	낭만(1호)	1936. 11
時代病 患者(〃)	풍림(1호)	1936. 12
田園의 가을(1936. 仲秋)	산제비	1938. 5
鄕愁(〃)	조선문학(11호)	1936. 11
最後에 온 消息(1936. 11)	낭만(1호)	1936. 11
新年頌(1937. 1)	삼천리(81호)	1937. 1
일홈 둘 가진 아기는 가다(1937. 4)		
	풍림(5호)	1937. 4
그이가 서 있는 딸기나무(1937. 7)		
	산제비	1938. 5
漂泊(1937)	산제비	1938. 5
新春頌歌(1938. 1. 11)	동아일보	1938. 1. 11
여명(미상)	동아일보	1939. 1. 24
山村의 어머니(〃)	산제비	1938. 5
月夜의 鷄鳴寺(〃)	산제비	1938. 5

五月의 櫻桃園(〃)	산제비	1938. 5
北海와 煤山(〃)	산제비	1938. 5
浦口素描(〃)	산제비	1938. 5
明孝陵(〃)	산제비	1938. 5
畵家(〃)	산제비	1938. 5
山川에 묻노라(1945. 10. 4)	인민(2호)	1946. 1
날러라 붉은旗(1945. 10. 7)	예술(1호)	1945. 12
委員會에 가는 길(1945. 10. 16)		
	우리 문학(1호)	1946. 1
民族叛逆者(1945. 11. 1)	횃불	1946. 4
순아(1945. 12. 8)	여성공론	1946. 1
解放曲(1945)	중앙주간(2호)	1945. 12
비둘기(미상)	비둘기(1호)	1945. 12
무궁화(1945. 12)	별나라 속간(1호)	1945. 12
8월 15일(1945. 8. 15)	예술운동(1호)	1945. 12
蜂起—3·1운동을 회고하는 노래—(미상)		
	우리 문학(2호)	1946. 3
너희들은 가거라(1931. 1)	적성(2호)	1946. 3
독립만세(미상)	별나라 속간(3호)	1946. 4
愛(미상)	예술신문	1946. 4
해볕에서 살리라(1946. 7)		
*『조선문학사 작품선집』(1981)에 수록.		
아, 여기를 모였구나(미상)	문학(1호)	1946. 7. 15
되살리라 그날의 마음(〃)	신문예	1946. 7
해 하나 별 스물(〃)	조쏘문화(2집)	1946. 9
서울의 俯瞰圖(〃)	신문학	1946. 11

추도시(1946)

  *『조선문학통사』(1959) 수록.

쏘련 군대는 오는가(1946)　　　미상　　　　　　1946

  *『조선문학통사』(1959) 수록.

그치라 요녀의 복소리(1946)　　미상　　　　　　1946

  *『조선문학통사』(1959) 수록.

애국가(1946)　　　　　　　　　인민학교 4학년

　　　　　　　　　　　　　　　『국어』교과서　　1949

너이들도 朝鮮사람이더냐(미상)

　　　　　　　　　　　　　　　연간조선시집　　1946

世界여 들으라 놀라라 우리의 승리를―계획경제 승리를 노래함―(미상)

　　　　　　　　　　　　　　　조국의 깃발　　　1948. 6

보람찬 승리를 시위하자―국제 5·1절에 드리는 노래―(〃)

　　　　　　　　　　　　　　　조선문학　　　　1954. 5

나는 쓰딸린 거리를 건설한다(〃)

　　　　　　　　　　　　　　　조선문학　　　　1954. 8

몽골방문시초(〃)　　　　　　　조선문학　　　　1955. 11

나의 산향(〃)　　　　　　　　　조선문학　　　　1956. 7

조국의 노래(〃)　　　　　　　　조선문학　　　　1956. 11

높이 쳐든 기 발―3·1운동 봉기를 회상하여―(〃)

　　　　　　　　　　　　　　　조선문학　　　　1957. 3

10월의 기 발(〃)　　　　　　　조선문학　　　　1957. 11

백두련봉(〃)　　　　　　　　　조선문학　　　　1958. 4

이 자유 이 행복을 위하여(〃)　조선문학　　　　1958. 12

당신은 공산주의에로의 인도자(〃)

　　　　　　　　　　　　　　　조선문학　　　　1959. 4

비둘기떼 하늘을 덮다(〃)	조선문학	1959. 10
알제리의 자유를 위해(1959. 9)		
	조선문학	1959. 10
칼 맑스 집(미상)	조선문학	1959. 10
오지리 할머니의 소원(〃)	조선문학	1959. 10
정원의 공작새도(〃)	조선문학	1959. 10
두나이강변에서(〃)	조선문학	1959. 10
늙은 악사 그림발드(〃)	조선문학	1959. 10
영웅광장(〃)	조선문학	1959. 10
윈나에서 나의 조국에(1959. 9)		
	조선문학	1959. 10
승리와 영광의 축배를 듭니다(이하 창작연대 미상)		
	조선문학	1959. 11
그립던 사람들 돌아오다	조선문학	1960. 1
봄의 재령강반에서	조선문학	1960. 4
다시 한 번 인경을 울려라	조선문학	1960. 8
나도 당에 보답하리	조선문학	1961. 9
영광을 드립니다	조선문학	1961. 9
불멸의 홰' 불	조선문학	1962. 1
서시(「밀림의 력사」 중에서)	조선문학	1962. 4
어머니 품	조선문학	1963. 9
숲속의 진달래	조선문학	1963. 11
새 파종기	조선문학	1964. 2
밤의 제강소	조선문학	1964. 4
혁명의 기수로서	조선문학	1965. 1
우리당일' 군	조선문학	1965. 10

| 새 집 앞에서 | 조선문학 | 1987. 10 |

■ 평론

1931年 詩檀 회고와 전망	중앙일보	1931. 12. 7
廢苑의 詩檀(上·下)	동아일보	1937. 6. 13, 15
評論難	동아일보	1937. 6. 25
李燦 詩集『大望』을 읽고	동아일보	1937. 12. 16
尹崑崗 詩集『輓歌』독후감	동아일보	1938. 8. 31
五月의 詩歌	작품(1호)	1939. 6
李燦 제3시집『茫洋』	동아일보	1940. 7. 9
現段階와 詩人의 創作態度	예술(4호)	1946. 2
解放이후의 詩壇評	우리 문학(2호)	1946. 3
政府수립과 文人의 목소리	현대일보	1946. 4
『心火』를 읽고	중앙신문	1946. 4
朝鮮 프로 詩史論	문학비평(1호)	1947. 6
아동문학의 재인식	국학(2호)	1947. 1
시를 어떻게 쓸 것인가	청년생활	1950. 4
학령전 아동문학에 대하여	조선문학	1957. 9
창작생활에 개변을 가져오리라	조선문학	1959. 1
어둠을 헤쳐 나온 작가들	청년문학	1960. 8
진실을 찾기 위해 노력하자	청년문학	1961. 1

■ 수필

| 仁旺山은 내 故鄕 | 신동아(44호) | 1935. 6 |

惡靈	문학(1호)	1936. 1
동경하던 女人 Y氏 ─학생시대의 회고─		
	신동아(55호)	1936. 5
初夏에는 스틱을 끌고	신동아(56호)	1936. 6
스크랩 뿍과 父親	조선문학(9호)	1936. 9
「렌스」에 비친 가을의 표정	동아일보	1937. 10. 19
새로운 출발(上 · 下)	동아일보	1937. 10. 20, 21
丁丑이 남긴 슬로간(上 · 下)	동아일보	1937. 12. 12, 14
雪金剛 素描	동아일보	1938. 1. 27~30
江南 추억	동아일보	1938. 3. 4
산꼴물	동아일보	1938. 6. 1
建國祭와 聖座(盛夏의 白日夢)	동아일보	1938. 7. 12
日記一節: 釣魚	동아일보	1938. 9. 8
日記一節	동아일보	1938. 10. 1
鄕民君은 가다	신문학(2호)	1946. 6
수령은 부른다	조선문학	1953. 11
뜨거운 손길 ─남자손 작가들에게 ─		
	조선문학	1956. 8
혁명의 성지에서	조선문학	1962. 6

연구서지

권　환, 「박세영시집『산제비』를 읽고」, 『동아일보』, 1938. 8. 17.

김재홍, 「대륙적 풍모와 남성주의―박세영론」, 『문학사상』, 1988. 11.

박경수, 「1930년대 시의 현실지향과 저항적 문맥―박세영과 이용악
　　　의 시를 중심으로」, 『文化硏究』 4호, 부산외국어대 문화연구소,
　　　1991. 12.

박아지, 「박세영론」, 『풍림』 5호, 1937. 4.

박은미, 「1930년대 시에 나타난 가족 모티프 연구―백석 · 오장
　　　환 · 박세영을 중심으로」, 건국대 석사학위논문, 2004.

박은미, 「박세영 시에 나타난 현실인식과 시적 형상화 방법 연구」,
　　　『겨레어문학』 제28집, 2002. 2.

백　철, 『신문학사조사』, 신구문화사, 1969.

성기각, 「박세영 시의 현실 형상화 방법 연구―시집『산제비』를 중
　　　심으로」, 『경남어문논집』 7 · 8호, 경남대 국문학과, 1995. 12.

심선옥, 「박세영 시의 현실주의적 성격」, 성균관대 석사학위논문,
　　　1991.

심치열, 「박세영 시 연구」, 『성신어문학』 제4호, 성신어문학회, 1991. 9.

오현주, 「8 · 15 직후 문학운동과 시문학의 전개양상」, 『해방기의 시
　　　문학』, 열사람, 1988. 11.

유성호, 「박세영론」, 『원우론집』, 연세대학교 대학원, 1994.

윤여탁, 「박세영론」, 『한국문학의 리얼리즘과 모더니즘』, 민음사, 1988.

이영남, 「한국 현대 서술시의 특성 연구—임화 · 박세영 · 백석 · 이
용악의 시를 중심으로」, 부산외국어대 교육대학원 석사학위논
문, 1995.

이　찬, 「대망의 시집 『산제비』를 읽고」, 『조선일보』, 1938. 8. 30.

전봉관, 「박세영 초기시에 나타난 중국의 의미」, 『중한인문과학연구
회 국제학술대회 발표논문집』, 2003.

전영선, 「북한의 애국가 작사가 · 시인—박세영」, 『북한』 제340호,
북한연구소, 2000. 4.

전희선, 「박세영 시에 나타난 현실 인식과 시적 형상화 방법 연구」,
강릉대 교육대학원 석사학위논문, 2006.

정영자, 「자유에의 의지와 자기 다짐—박세영론」, 『시문학』, 1989. 7.

정재찬, 「경향시의 서사지향성 연구」, 서울대 석사학위논문, 1987.

조용훈, 「한국 근대시의 고향 상실 모티브 연구—김소월 · 박세영 ·
정호승 · 이용악을 중심으로」, 서강대 석사학위논문, 1994.

최예열, 「카프 서사시의 일 고찰」, 『대전어문학』 16호, 대전대 국어
국문학회, 1999. 2.

하상일, 「해방이후 박세영 시 연구—월북 이후 『조선문학』 발표 작
품을 중심으로」, 『한국문학이론과 비평』 제27집, 2005. 6.

한만수, 「박세영론—『산제비』를 중심으로」, 『한국현대시인연구』,
태학사, 1989.

한성우, 「박세영 시 연구—『산제비』와 『박세영시선집』을 중심으로」,
중앙대 박사학위논문, 1996.

황정산, 「리얼리즘 서정시로서의 박세영의 시」, 『어문논집』 29집,
고려대 국어국문학연구회, 1990. 2

한만수韓萬洙 1958년 서울에서 태어나 동국대학교 국어국
문학과 대학원에서 박사학위를 받았다. 『경향신문』 기자를
지냈으며, 순천대학교 국어교육과 교수를 거쳐 지금은 동국
대학교 국어국문학과 교수로 재직 중이다. 2005년부터 동국
대 한국문학연구소 소장을 맡고 있다.

저서에 『삶 속의 문학, 독자 속의 비평』(1995), 『삶 속의 비
평』(1995), 『태백산맥 문학기행』(2003), 『강경애, 시대와 문
학』(2006, 공저)이 있으며, 『현대문학이론입문』(2001, 공역)
을 옮겼다. 「식민지시기 인쇄자본을 통한 문학검열에 대하
여」를 비롯한 다수의 논문이 있다.